# 山泉旁的酸枣树

鞠习强 著

久经阳光灿烂风霜雨雪
更懂感恩必须时时刻刻
没有什么物质相赠
不会好话滔滔不绝
只有在敲击键盘的回响中回顾同仁
我的心才不会于尘世喧嚣沉沦

山东大学出版社
SHANDONG UNIVERSITY PRESS
·济南·

**图书在版编目（CIP）数据**

山泉旁的酸枣树/鞠习强著. —济南：山东大学出版社，2021. 12

ISBN 978-7-5607-7245-5

Ⅰ. ①山…　Ⅱ. ①鞠…　Ⅲ. ①诗集-中国-当代　Ⅳ. ①I227

中国版本图书馆 CIP 数据核字（2021）第 242983 号

责任编辑　刘　彤
文案编辑　冯敬远
封面设计　王秋忆

---

出版发行　山东大学出版社
社　　址　山东省济南市山大南路 20 号
邮政编码　250100
发行热线　(0531)88363008
经　　销　新华书店
印　　刷　济南静雅彩印有限公司
规　　格　720 毫米×1000 毫米　1/16
　　　　　27.5 印张　360 千字
版　　次　2021 年 12 月第 1 版
印　　次　2021 年 12 月第 1 次印刷
定　　价　78.00 元

---

# 为自己喝彩（自序）

年过半百　每当看见牵牛耕地的男孩
就感觉有根缰绳在握
老黄牛的喘息和父亲的喊声响在耳边
祖祖辈辈就这样走来　我
在这种日子浸润性格　莫非
也将怅惘着重复老路
哼着古老歌谣走到尽头
无语面对日出日落

嗜读　穷困中成长的快乐
借遍全村　书
读到天黑母亲四处吆喝
一次读至夜深瞌睡
煤油灯烧焦新买的棉帽
引来父亲冲天怒火

成绩中等还有跟不上的学科
从 55 个村招 60 人
初中重点班有我名字在列
初尝竞争意外之喜
老师和父亲欢笑炕头
碰杯至太阳触摸西边山坡

高考之风送我到北方瓷都
中专　十二分之一录取的结果
排名最后无颜面对老师同学
家人却为摆脱农村户口欢呼雀跃

分配就业轻松洒脱
一头扎进卫生行业三十年才挪窝
救死扶伤誓言牵动脚步不敢丝毫懈怠
心向　惊心动魄中定型淬炼
选择　目睹生死离别坚信值得一辈子执着
两年半城市管理职业生涯转换
任劳任怨步步为营稳扎稳打
人生阅历浓墨重彩涂抹
我为人人人人为我辩证浸润心田
一颗心磨砺中成长成熟
忧喜着负重前行
如沙漠中脚印深深的骆驼

工资多少遵从政策规定
不论高低　工作
努力做到群体认可
优等　每年高票揽入怀中
得意时也曾疑惑
优等得来如同树上摘果
莫非“一切从善出发”
从小练就吃苦耐劳刚毅如山
凡事求真求实求先行一步领先一刻
干群满意票定向坚决

八年秘书生涯相伴喜怒哀乐
借用笔墨点出动人花朵
抵御诱惑陶醉文字千行
“一支笔”戏说劳累岁月
闲暇钻进诗的世界
诗集《寒月春风》超过四百页

当兵之梦止于奶奶传统劝说
支援灾区总是第一批伸直报名的胳膊
习惯弯腰捡起飘飞的烟盒纸片
碰到闯红灯者时时规劝
不顾白眼甚至“多事”指责
面对敌对国明欺暗诈拍案而起
怒火难以压抑拟诗如洪宣泄

自己　怎么会如此精彩
不是战争年代挺身而出舍命相搏
没有和平时期惊天动地可泣可歌
只有一路走来无愧于心
平凡如开花野草山间小河
生命原色
为什么不值得庆贺
我为自己纵情鼓掌　欢唱
抑扬顿挫悠扬心底
激荡未来之路惊喜收获

2015 年 7 月 12 日

# 目　录

## 贰 故园诵唱

## 叁 家乡丽景

## 肆 他乡情思

## 伍 醒心直言

## 陆　短歌集吟

## 柒 留世清香



## 捌 悼思亲人

# 壹 亲情依依

# 老　师

——教师节献给老师

如犁　犁开懵懂心田
滋养种子嫩芽茁壮参天的园地
即使磨薄躯体
也不会改变追梦的锋利

如烛　点燃自己
照亮莘莘学子
即使不能再顶天立地
也竭力托起学子梦想如意

如海
知识丰厚如海　胸怀宽阔如海
任学子畅游搏击
即使剩下最后一滴
也要反射阳光耀亮学子希冀

如根　竭力探寻土地深邃神秘
铸就绿叶花香和硕果坚实
即使枯干逝去
也会融入土地丰厚芽萌根基

2014年9月11日

# 登记结婚

——写在臧鹏、李玲登记结婚之日

照相填表签字盖章
结婚证递到新人手上

不是普通的纸
两颗心融合的标志
红色凝结火一样的热情
签字　爱的昭示

不要与其他证一起混放箱底
最好用透明薄膜精心包裹
钉在卧室显要位置
每天看在眼里
时刻激起爱的美好回忆

千里相聚皆因有缘
无缘　对面何曾相识
证书撕裂可以复原
什么技术
能让破碎的心再复归
登记签字时的甜蜜

记住今天这个日子
人生的一道坎儿
过了坎儿的生活全靠自己
无法靠天靠地靠画饼充饥

2014 年 11 月 11 日

# 回老家去

老家是可大可小的圆
老家是地图上可见或找不到的实感

老家是人生的起点
老家是心灵的驿站
老家是牵着风筝的手
老家是冬天里的温暖

老家是割不断的记忆
老家是远方的梦甜
老家是块巨大的磁铁
老家是心中的不可替换

老家是欢乐的福地
老家是真善美的承延
老家是固化的最美
老家是灵感汇聚的涡旋

老家是杀敌的战场
老家是去不掉的痛感
老家是搏击激流的后盾
老家是灵魂的归田
……

移动房产金钱
远走天涯海边
随意改头换面
学会多种语言
加入异国国籍
站立海角远眺
登高无奈慨叹
翱翔深邃蓝天
与外星人交谈
踏进宇宙星空
心胸宽到无限
……
世界之大
容得下你自由畅欢
可你无法　无法忘记老家——
老家的山山水水
老家的犬吠炊烟
即使贫穷远偏　这
已化为脑的实质
纵然生命随风而去
也不会改变

回老家去
不顾路途千里
不惧艰难地越岭翻山
笑对地冻天寒
忘记一路少歇的背疼腰酸
……
孤独漂泊的心
直面老家炊烟的温馨温暖
哪怕只有
短暂的几天

2015 年 2 月 15 日为返乡过年者而作

## 此乃天意

——贺朱凤、李金明新婚

寻寻觅觅大千世界
总有一人适合自己　终于
你俩走到一起

不知私下是否有过山盟海誓
承诺　婚礼上亲朋作证
甜脆有力
穿透宴会厅墙壁

亲人久久的祝愿
化作甜蜜相拥

新的旅程已经开始
苍天公正的双眼
时刻扫描彼此举动
若背叛当初承诺
谁料天意会有怎样的冰冷

遵从天意吧
真诚的爱相互永久聚凝
日子过得像模像样
每天笑声不断
天在听　天在听

2015 年 2 月 28 日

## 不要忘记今晚

——贺庞琳、王宇新婚

近了　近了　两颗心有缘
共振在春风煦暖
一条新路展开面前
从挽着父母走到舞台中间
就迎来时光拐点
站在拐点放眼台下
一群最亲近的人聚在一起
一场欢庆盛典令人心潮滚翻

即使已经熟悉众多亲戚
也一定不要忘记今晚
他们拍出最响亮的掌声
动情的泪不由自主地噙满

即使尚未完全认识所有来宾
也一定不要忘记今晚
他们发出最诚挚的祝愿
能帮你俩解除未来路上的孤单

即使辉煌场景相恋画面
看多了有些腻烦
也一定不要忘记今晚
舞台上互换的誓言是挚爱直观
谁忍心随风如梦飘散

新路从今晚开始延向远方
亲朋想把祈盼化作你俩
携手共挽　比翼齐飞　共苦同甘
一路爱的执着令人惊羡

一定不要忘记今晚
没人希望此情此景再次出现
闲暇时打开视频重温每张笑脸吧
最值得留恋的瞬间啊
科技多么先进都无法复制翻版

2015 年 4 月 17 日

# 今天陪你启程

你说一直向往苏杭
会说话的眼睛里满是江南风光
今天就陪你启程
游西湖　观龙井　看园林
千岛湖中徜徉

你说很早想去上海
发光的眼睛里散射东方明珠的辉煌
今天就陪你启程
逛老城隍庙　赏豫园美景
登金茂大厦　临夜色黄浦江

可随旅游团去
可与朋友同学一同前往
也可如有些人独自打起行囊
可你迟迟没有动身
非得等到这一天
跟我一起到梦想的地方
什么原因
告诉我答案的是地球和月亮

2015 年 4 月 22 日

# 母亲，一本读不完的书

——为 2015 年母亲节而作

年轻时　母亲是一本刚刚印完的书
照片少　空白多　文字密
洁净墨香活力四射
嵌满的梦随岁月外溢
母亲在如意或不如意中挺立
书　空白渐渐被填写
越来越厚实

中年时　母亲是一本厚重的书
墨香渐淡　照片增多
空白处添上岁月印记——
养儿育女的辛苦
栉风沐雨的劳作
关爱家人的体贴
书　越来越厚越来越重
装载一路艰辛悲喜

年老了　母亲是一本纸质泛黄的书
有的字迹模糊　有的照片褪色
空白处填充得少有空隙

母亲仍在用皱纹白发和对儿女的牵挂填起
书　重量有什么办法能够称量
翻看　会落上感激的泪滴

书的封面签着作者——
母亲的名字
此书世上只有一本　孤籍
哪能复制

2015 年 5 月 7 日

## 我的祝贺只有一次

——贺孔宪庆、王丽夫妇之子孔翔、儿媳范一霖新婚

因急事没能参加久盼的婚礼
但想象出热烈程度
两颗心的热度已如铁水
火红着融为一体
亲人的热度达到沸点
和着骤雨般的掌声撑破墙壁
同学们的心融进 70 度佳酿
伴着酒香　祝福连珠发自内心预期
连服务员也被深深感染
脚步格外轻松有力

亲朋好友都已到齐
感激的泪留恋的泪

你是大海
时刻浪花飞腾
多少人在此搏击
练就畅游大洋的本领

你是森林
负氧离子活跃充盈
多少人健康了体魄
净化了心灵

你是山路
攀爬的汗水印成深情的字迹
获取的不是可见之物
另类快乐沁入心底

你是舞台
爱好者都可施展拳脚
人生掺入别样乐趣
即使少人喝彩

你是港湾
储藏世间温暖
冰冻的心可在此融化
火热心肠收获真诚赞叹

你是展板一块
引导一方文明
记载时代变迁
彰显一百多万龙城人风采

你以自身之薄　丰厚
老家热土底蕴　缺了你
像夜里关掉灯盏
饭菜无盐江河变浅

2016 年 3 月 22 日

# 我对你的认识像那条河

——贺与友人相识

那条河　源自远方山泉
拐过数不清的弯　终于在此
一身平和深邃神秘起来
鱼虾蛙鳖安下家
河　为自己的伟大而庆贺
却无法停歇
抵御不了辽阔大海的诱惑
这多像你
曲折经历铸就顽强包容性格
追求在远方
习惯助人为乐

那条河也会暴烈
冲破堤坝肆虐原野
留下黑黑的记忆
多数时间涌动涟漪

温柔如春风拂过山坡
这多像你
敢恨敢爱　率性而活
即使有堤坝越来越硬的束缚
依然保持本色

那条河随四季变换容颜
不会因留恋春风而脚步滞裹
不会错过热夏带来的粗犷壮阔
不会拒绝送达缤纷的秋风
不会畏惧寒冬携至的苍茫萧瑟
每次改变都是一道亮丽风景
这多像你
与时俱进地变化自己
潇洒一路变中求成的劲歌

2016 年 3 月 28 日

# 燕归来

家乡鲜花正艳
似有约定
你们沐雨迎风奔波千里
一头扎进久违的窝中
窝　突然弥漫生命的欢腾
欢喜的呢喃传到耳边

似在感谢家人呵护窝的完整
咦　还有一只小燕探头探脑
目光温柔了我心的坚硬

欢迎再次来到我的家
年年如此已无多少惊喜呈送
今年与去年有什么差异
看　门口花朵是不是更艳更多
你们喜欢的樱花树是否膨胀冠顶

家　因你们飞来而欢快轻松
呢喃是歌唱多么动听
幼子用好奇疑问目光与你们对话
窝内热烈地叽叽喳喳可是回应

日出而作日落而息　你们
面向黄土背朝天　勤劳
与我的父母没有多少不同
都是命运相近的生命
有缘凑在一起就好好相处吧
彼此用美好心灵取暖
笑对日出东方夕阳通红

2016 年 4 月 11 日

# 万千雨丝带去我的祝愿

——贺唐含玉、唐合萍姐妹作品研讨会举办

不要怨我没能参加久盼的聚会
人算不如天算再次抛撒令人失望的光辉
即使在训练场我也羡慕相聚的热烈
但愿你俩收获公正的评论笑如春归

久读佳作我踏入另外一片天地
女性的细腻委婉柔美孝德传遍全身
每个字每一行掏出的都是心窝子的话
晾晒阳光也挥发不掉美的灵魂

看　久旱逢甘霖
不知是你俩的智勇辛苦感动苍天
还是苍天有意挥洒雨滴庆贺诗集问世
万千飘落的雨丝带去我的祝愿
请抬头远望拥抱久违的湿润吧
把我天道酬勤的祈望尽收心田

不管高人如何评判
我自有一根定调之弦
扎根故土深接地气的肺腑之言

我喜欢　真的喜欢
请不要停留　一刻也不要停留
诗海中探索畅言　竭尽全力
掀起更加高大的浪花久久滚翻
我在岸边时刻关注
为你俩击鼓加油摇旗呐喊

2016 年 4 月 16 日

# 补　偿

——贺同事韩婷婷婚宴举办

答应去参加你的婚宴
因故变成空谈
那“故”暂不愿对外启齿
你会不会有什么怨言

没在婚宴上
举起庆贺的酒杯
直面牵手的笑欢
痛饮清澈闪光的佳酿
我的心也一样甘甜
你将与心上人　执手
走上通红的地毯

本想碰杯时看看新郎容颜
学识学历人品貌相都该随你心愿

郎才女貌女才郎貌深情满含
我相信你的慧眼

祝福　曾委托同事表达
那些话　俗
却是任何人摆脱不了的纠缠　不知
是否融入酒香振动你的耳膜
辉煌大厅贺言纷至如夏日烈焰　他的话
你不一定听见

婚宴已过七天
心中总有食言愧感
谨以此诗为补偿
你和你的那位
可愿通过微信　回复
十个理解的笑脸

2016 年 5 月 7 日

## 昨天，一定记住它

——贺代兵喜得贵子

昨天　昨天　昨天
对他人来说
平常如空气流动草生原野
对你　对你　对你
如在春日收获姗姗来迟的萌芽
浑身被幸福包裹

父母升格
爷爷奶奶的唤声甜在心窝　你
由为人儿到为人父的突破
有没有听到
岁月催人的鼓点如歌

儿子第一声啼哭回荡产房
你有什么感觉　是不是
欢快幸福无以言表
压力穿透胸壁提示新的职责

与儿子目光对接吧
他的目光吸纳你的影子和欢乐
基因传承结出新的参果
你的目光里希望在萌发
未来大树参天
根　延伸点亮灯火
与儿子的小手紧握吧　告诉他
世上有你有我有她　一家人
同舟共穿历史长河

昨天　平凡而伟大
一定记住它
新的征程已经开始
你　当了爸
妻　成了妈

2016 年 5 月 27 日

# 六一，不仅是儿童的节日

——写在 2016 年六一儿童节

爷奶爸妈还有亲戚邻居早挂嘴边
行政主管人员筹划安排早就提前
园长作为常规大事细细思量
怎样过才记忆深刻　老师
预先深思盘算

音乐美术等艺术指导专业人士
诗歌棋牌比赛的评委应邀而至
治安保卫者严阵以待
捐赠助学者已走进校门
围观者挤在花墙外

记者忙着采访录像制发
文字图像满布欢歌
我和文友拟诗文致贺
诗社编辑成集　微信
不遗余力地传播

歌声笑声清脆飞扬
欢喜多少人期盼共鸣的目光
成长的脚步再次放大
美好回忆载入未来路上

孩子　能否记得并理解
今日　自己作为主角
欢乐　倾注多少人心血
成长过程
需什么营养包裹

2016 年 5 月 29 日

## 幸运之赞

——贺孙小波中年得女

孩子　你很幸运
来到这个世界睁大双眼
看花开花落尘世缤纷
开始留下生命划痕

孩子　你很幸运
你的姐姐已步入少年
懂得事理心地良善
知道怎样把你悉心照看

你的降生驱散姐姐内心孤单
生命旅程姐妹牵手相伴
未来路上能够体验
什么是互助相依的甘甜

朋友　你们很幸运
有两个女儿欢快眼前
那可是贴心的棉袄啊
辛苦却快乐着尽到职责吧
羡煞多少人的期盼

为什么姐妹俩年龄差得远
将来会明白答案
为各自的幸运同喜吧
多少人多少家庭
如孤飞的雁

2016 年 6 月 7 日

## 父亲的电话号码本

8 厘米长 1 厘米高 6 厘米宽
常来常往者歪歪扭扭地堆挤里边
名字后跟着数字长短不一
父亲想把号码本填满却没能如愿
亲朋不多　知音有限
写进去的都是核心成员
看到似在飘荡的人名和数字　小时候
鹰捉小鸡的游戏总展现我眼前

岁月催促号码本泛黄最后被翻烂
重抄翻烂　循环中变换容颜

现今变成长宽各 50 厘米的一块纸板
用粗笔放大字体如鹌鹑蛋
挂在墙上无声招展

号码越来越长像条条丝线
人　却悄悄消减
比父亲大两岁的远房大爷
小四岁的二叔也撒手人寰
父亲没有删除逝者名字　任这
牵动记忆中的苦辣酸甜

2016 年 7 月 14 日

## 愿你是常青树

——贺黄鑫兄成为潍坊市首批签约作家并作为代表发言

早就应站在这里
面对各地精英济济一堂
说出心里话
代表一个脱颖而出的群体

每个字都掷地有声
每句话都富含深意
如你写的童话小说
看过便不会忘记

几百万字从心底汩汩流出
那不仅是擦不完的汗滴
更是寂寞和孤独的标记
一心厮守文字阵地于喧嚣尘世

站在那里吸引多少人目光
你被拍录进历史记忆
发言浸润你踏实的性格
执着担当带给人新的认知和惊喜

童话世界无数宝藏尚待开启
孩子的期待是你文思泉涌的动力
我愿你是长青之树
时常飘落缤纷的果实
直至在文学巅峰潇洒独步
笑看孩子们朗诵自己的佳作
如醉如痴

那是一条什么样的路
伴你常常熬到深夜的灯光深知
请保重自己的身体吧　别忘
身心健康才有快乐久远的价值

2016 年 7 月 23 日

# 惊天动地

## ——贺世界首颗量子科学实验卫星发射成功

量子　量子
感谢大师普朗克慧眼
你不再神秘
古老中国一群人痴迷
痴迷探索未知的你
想与你对话握手拥抱嬉戏
创造新的传奇

大地欢快震动腾起烈焰
首颗量子科学实验卫星遨游天际
苍穹为中国人的执着聪慧惊喜
古老中国集中力量办大事
了不起　了不起

这没什么值得大惊小怪
只是大戏幕启
那颗卫星辛勤探索
将会带给人类多少惊叹福利
地知天知

中国人　正在挺直脊背的中国人
蔑视奥运赛场上的诡计
迎着嫉妒仇视者的目光漫步吧
用惊天动地的创造回应傲慢、偏见和敌视
看谁笑到最后
优雅咏出量子世界的新诗

2016年8月17日

# 买束鲜花献给娘

——贺同学曹培芳之母亲生日

买束鲜花献给娘
娘　快接着
闻闻令人陶醉的芬芳
可是记起女儿幼时的体味
要不怎会两眼泪汪汪

买束鲜花献给娘
娘　快接着
别嫌价格多高昂
那些花费算点啥
怎能比你孕育心血淌

买束鲜花献给娘
娘　快接着
绽开笑脸照张相

含笑的皱纹都是宝啊
告诉女儿什么是沧桑

买束鲜花献给娘
娘　快接着
该说就说想唱就唱
风烛残年莫悲伤
人过百岁非梦想

买束鲜花献给娘
娘　快接着
这个动作好浪漫
直到地老天荒怎么样

2016 年 8 月 18 日

## 温柔作证

——贺同学苏洪章之子苏杭新婚

主持人煽情的话语没记住几句
庄重欢快的音乐印象也不深刻
掌声雷动与其他婚礼没多少差别
共同祝福也是以往心愿的重复

泪　湿润我的双眼
同学二十五年培育终于结果
今后可惬意轻松而过

屏幕反复播放你俩恩爱的视频
心心相印从眉目含情得以验证
站上红毯接受亲朋祝福
幸福激动沁出泪和细汗润湿姣容
你掏出纸巾为她擦去脸上泪痕
轻轻地轻轻地如擦拭一件神圣
一瞬间的过程该不在设置的程序之内
令人意外的温柔把全场打动
亲朋以热烈掌声对你表达认可
我判定你俩定和谐相处欢乐一生

深红地毯几十步就可走完
那只是未来长路开端
前路可能没有红地毯平坦柔软
你俩一定能相濡以沫直到发白腰弯
这个不经意的动作诠释一切
我相信你俩会印证我的预言
喧嚣尘世中我会关注你们的未来
请给我满意的答复与同学把酒言欢

2016 年 8 月 20 日

## 亲人为你闪动泪光

——贺郑学华兄履新

中秋亲人欢聚
多么幸福　无线电波

又寄来你履新踏上新途
佳讯从天而降
叫人如何把喜狂禁住

腹中学问满得溢出
一路走来　风风雨雨
行路贮满汗水
蘸点尝尝　可有甜
让眉头展舒

回头望
来路已茫茫
心生波澜激情万丈
看前方
路有荆棘算啥难　淡定笑对
从容绣描华章

诚谢你一直
牵挂另外一个家乡
那里的亲人为你闪动泪光
泪光里注满欢庆自豪祝福
有什么深意蕴藏
请抬头　今晚
月悬苍穹
清辉中浸润吉祥

2016 年 9 月 15 日

# 与母亲书

——贺2016年国庆节

你的生日日益临近
步子越来越铿锵有力
我非常高兴　母亲
尽管我又增长一岁
皱纹无声加深

规划正结出硕果
难免惊喜羡慕妒恨
那很正常　母亲
走自己的路吧　六十七年
什么样的惊涛骇浪没经过
何必过多听别人议论

有人正瞪大贼眼
想把台湾离分
那是从你身上割肉　母亲
儿女时刻准备抛头颅洒热血
击碎白日之梦
保你完整

日子久了会有虫寄生
蛀虫在包容中繁衍暗存
一定不要仁慈　母亲
对胡作非为的子孙
岂可仅批评斥责一顿
治乱用重典
永不过时的古训

前方的路曲折凄迷延伸
别人走过会留下陷阱无痕
如何迈步必须倍加谨慎　母亲
尽情让儿女挥洒智勇放手力搏
你定轻松收获称心如意
只需你用良方　团结儿女
成真正的一家人

2016 年 9 月 24 日

# 但愿回音全美妙

——贺同学杨东之女杨苓艺、女婿李光耀新婚

欢语音乐掌声泪水在祝福　此刻
你俩是主角儿
紧紧吸引亲朋目光
孩子　这是新征程的开场

美丽的婚纱
庄重的西服
年轻的笑脸
彼此的承诺　是否
有重达千钧的感觉

有　就对了
未来生活多么快乐
只要专一包容
未来日子多么轻松
只要不欲望无穷
未来的家多么和谐温暖
只要时刻把对方系在心中
未来的生活多么值得留恋
只要善意描绘多彩风景

牵手走上舞台
诺言公之于众　从此
沉甸甸的责任担在双肩
放飞的鸟儿独闯一片天空
珍惜　千万珍惜缘分天成
携手穿越春夏秋冬
但愿回音全都美妙生动
幸福自己　也幸福
今日如潮的掌声

2016 年 9 月 25 日

# 国家大事

——贺 2016 年 10 月 17 日 7 点 30 分
神舟十一号飞船发射成功

盘碗触碰节奏快于平常
妻在厨房忙碌
不像从前慢步从容
不时问倒计时了吗
少有的紧张激动

当倒计时至五秒
她蹿出来寻找眼镜
站在电视机前
腾起的火焰把脸映红

早餐　味道与以往相同
突然没了滋味
火箭腾空
吸引我的眼睛

我听见自己的心跳　妻
“太好了”的轻松
出门哼着歌

2016 年 10 月 18 日

# 期待成功的钟早日敲响

## ——贺同学高瑞良女儿高捷、女婿张慧忠新婚

新娘　喝你的喜酒
自然喜上眉梢
半杯酒烧热心肠
莫怪因故提前离席
我已两次寻你会话　只为
多看一眼
你蒙着传奇色彩的模样

独自放弃不理想的大学
暗中复读一年　瞒过父母
直到一张满意的通知书到手
我至今好奇
你怎么做到这一点　这
是你留给我最初的印象
曾在你爸面前大加赞扬
允许张扬个性的时代就张扬吧
命运　掌握自己手里
我敬佩你的学识和胆量

新的旅程已经展开
航向　肯定不再迷茫
我期待成功的钟早日敲响
再次端起酒杯
碰出奇异的脆音
撑破大堂厚墙

新郎　新娘的故事
只能告诉你这么多
她是一本书
需在来日真诚阅读
日久天长　才知道
什么是真正的幸福

2016 年 11 月 15 日

## 疑问与解答

——贺妻龚杰 50 岁生日

大清早你与女儿手机里嘻嘻哈哈
感觉你对我的疑问：
记得今天是什么日子吗

鲜花由花店店员送达
微信里有人发来祝贺的话语或图画
三杯红酒润红你的脸庞

鲜花贺词美酒都是亲朋好意
你收获欢快感激
难道这不就是幸福吗

“生日快乐”已老得掉牙
钱在你手里
想买什么就自己定吧
“五十年后的第一个今日
我想与你撑船逛大海
直观浪花滚翻长长的尾巴
背诵一首诗给你听
笑看你与海鸥对话”这
作为我对你五十岁生日的祝福
喜欢吗

2016 年 11 月 16 日

# 幸运与祝福

——贺鞠英娟、李栋添喜

新年钟声敲响前夕　你
遵照父母意愿降临
红红小脸像熟透的苹果
哭音像琴声蕴满含义
张开的小手可触觉我手指微凉
半张的眼睛是两池水清澈见底

幸运的婴儿
一孩之规寿终正寝才诞生了你
爷爷奶奶身体健康
爸妈忙碌事业各有成绩
有车有房有家人和睦
还有一个大你八岁的姐姐
早已为你到来操心尽力
你是家人和这个世界的选择
全心的爱会把你紧紧裹起

与你对视
你的目光令我惊喜
孩子　不要怕
不要感到孤独和恐惧
这里　有呵护你的家人
外面　人来人往像个集市
走出这间产房
你将看到数不清的惊奇惊异

以哭声宣布到来
世界已安排你的位置
父母将劳累着收获你成长的喜悦
新的挂念和寄托
系于一路渐大的足迹

不能设想你的未来
自有无尽的福气
期望“平安”两字
将一直嵌在我的牵挂里

2016 年 12 月 25 日

# 新年快乐

新年快乐　新年快乐

撒在回家路上吧
即使雨雪相伴
也留下歌儿轻哼
与同行者分享一路美景

释放在与妻儿紧拥吧
无语　更能表达相互珍重
任思念欢喜泪水盈盈

直言给父母听吧
天各一方或长守同一屋檐
此时　问候总能愉悦彼此心情

脆响于父母碰杯吧
笑看佳酿润至老人脸红
陶醉祝福换来的笑颜轻松

变成鞭炮轰鸣吧
美好期待腾空嵌在记忆深处
催生祈愿开花结果的正能

寓于欢聚亲朋吧
与常见或不常见的人畅叙
什么　能替代此刻笑语欢声

与春晚共融吧
同一方水土同享文化大餐
何处　再能寻到这全民同庆
传承数千年于风雨征程

2017 年 2 月 7 日

## 元宵节抒怀

——贺 2017 年元宵节

祝福和欢乐达到峰值
被老娘煮成元宵滚烫
被老父化作碰杯的脆响
被妻变为满桌的菜香
孩子们追逐嬉戏
开学前最后的狂欢一场

元宵节晚会带来透心的欢乐
猜谜语　多少人笑皱面庞
礼花腾空　爆竹闪光
引出阵阵惊呼惊喜
满溢人流如织的街巷

观花灯　舞龙灯
无数眼睛嵌入璀璨与辉煌
红包　通红的红包啊
随电波四处飞扬分享

跨入新年的人啊
自由地以独有方式表达思想
沐浴春风的人啊　心
早有欣喜的春芽生长
以今夜尽欢作为对年假的告别吧
希望在前　未来可期
踏出脚步铿锵
撸起袖子
任大汗流淌
为听到明年此刻
元宵咕噜于蓝色火焰之上
家家惊动星月的欢唱

2017 年 2 月 11 日

## 母亲的手

时光这把刻刀　无情
刻掉我对母亲纤纤玉手的记忆　如今
黑瘦　青筋暴绽　厚茧粗粝
像山上生长百年的松枝

黑瘦源自遗传
更多源自日晒雨淋
春天撒种插秧播下希冀
夏日施肥除草担忧旱涝不均
秋时摘刨挖割　收获
有时不尽如人意
雨落雪飞时刻灯下缝补
一路走过四季
双手操劳少有停歇
睡觉时也半握成拳
似与什么较力

青筋暴绽绝不仅因岁月飞逝
如不长年累月辛勤田野家里
手上的血管不会粗如筷子
握过镰刀锄头　推车装卸拉犁
从井中提起水桶得费多大力气
帮儿女提拿书包阻拦父亲怒拳
揉面如筋把馒头水饺锅贴精制
游走四方品尝无数面食
哪能比得上母亲做得好吃

厚茧粗粝曾引我女儿询问来历
惊奇中懂得许多往事
厚茧储存多少沧桑
磨掉　生成
生成磨掉的循环相伴夜去昼启
支撑起家的温馨欢喜

其实那茧是儿女心中之痛啊
为什么不能
早一点多一些
将母亲的劳累分担代替

2017 年 5 月 9 日

## 父亲的手

曾托扶着我
高出黑压压的人群
无遮挡地看露天电影
手舞足蹈吸引众人目光
你的支持催我无畏喊出心声

曾拿树条狠抽我的屁股
泪水痛流却一声不吭
不诚实的教训至今铭记
从此诚信伴我无愧苍穹

曾因我高考端起酒杯
在老屋炕头与老师喝到日触山顶
少有的碰杯脆响是你的叮咛
我回味着离家踏上另一片风景

辛劳于家和那几小片儿土地
岁月雕刻皱纹如起伏的沟岭

流过的汗滴无以计数
一双手极力与命运抗争

当那次在医院因紧张而抖动
猛然抓住我的手不放松
你真的老了　父亲
儿　在旁边做你的支撑

2017 年 5 月 23 日

## 解　锁

——贺王世栋、荆楠楠夫妇喜得贵子

你是一把钥匙

打开爷爷奶奶心锁
盼你长成男儿担当大任
你呱呱坠地
填充老人久盼的稀缺

打开爸爸妈妈心锁
儿女双全是公认的福分
你睁开双眼　是否看到
父母眉开眼笑嘴巴无法拢合

打开姐姐心锁
你的降生让她初知生命来历

心头谜团暂时解脱
她抓过你的小手吗　从此
姐弟将紧紧相连
彼此温暖着走过未来岁月

2017 年 9 月 6 日

## 又有人称“爸妈”

——贺李金强、代方英夫妇喜得千金

“亲爱的，我来了！”
呱呱坠地第一声呐喊
独生子女政策坚冰击穿
宣告二胎合法地踏上舞台
中国人口史步入新的阶段

母亲　疼却快乐着
父亲　早已端详你的小脸
幸运的一对
又可教人称自己为“爸”“妈”
谁不内心蜜甜

物竞天择　你
来此世奔走一番
美丑　冷暖　悲欢
世界无情亦有情　这

都在你未来足迹
翻越万水千山

父母爱的结晶
亲人新的欢快之源
自然赐予的宝物
多少金钱能换得亲情无边
时光变换的幸运儿
舞台　正徐徐拉开新的帷幔

想择日去
看你的稚嫩欢颜
握几下你的小手
与你对视　别忘
我的牵挂和祝愿　都
嵌在目光真诚无限

2017 年 9 月 16 日

## 那天，我俩没有站在舞台上

——为袁增海、张淑丽夫妇代笔
致其女儿袁捷、女婿王腾蛟

那天　我俩没有站在舞台上
只在老家小院里
祖祖辈辈居住的老屋屋檐下

遵从农村婚俗
在鞭炮声亲朋欢笑声
爷爷奶奶父亲母亲的泪光中
完成古老的婚礼
风风雨雨二十六年
走到两鬓斑白的今日
如今　你们走上舞台
霓虹闪烁　乐曲悠扬
照相机摄像机留下剪影
看如何恩爱一世　爱
结出令人惊喜的果实

那天　我俩没有站在舞台上
面向众多亲朋
喊出:“我爱你!”　其实
这不重要　重要的是
相互的爱化作
嘘寒问暖举案齐眉风雨同舟
挺举彼此无愧的现实　一路走来
踏出平凡厚实的足迹
如今　你们走上舞台
那三个字
如心甘情愿
就庄重地喊出公示于众
如羞于开口
就埋在心底吧　有时
承诺是无形之水
行动　只有行动

才能验证爱之真伪
多少人懂那真谛

那天　我俩没有站在舞台上
改口称呼最亲的人　亲人也没有
赠送改口专备的红包
亲人　早已潜入心底
心心相印　心有灵犀
无悔无愧　直至此时
有些东西不是金钱能够买来
比如良知
务必切记切记
时下尘世喧嚣
守法淡泊乐观担当向上
人之为人的底线对你俩太低
知荣明辱　与人为善　创新创造
为亲朋为邻居
为同学为相识或不相识
树起标杆
传承优秀祖传
直到永远永远　这
是我俩站在辉煌舞台上出的考题
答案　是否令人满意
都在未来路上
从今天起

新人新家
新的征途在前方伸向天际

别忘鸟儿翱翔再远总得有窝
别忘树高千尺离不开根
别忘亲朋诚挚的祝福
别忘脚下这片土地
别忘远方也有诗
人　各有故事
把自己的故事写成诗吧
留存于世　留存于
亲人无尽牵挂汇就的如海情思

2017 年 9 月 29 日

# 忘不了母亲的目光

忘不了　你把第一张奖状
摆正　抚平　打上厚厚糨糊
贴在老屋北墙上时的欢喜目光
从此奖状伴我成长
那督学有形的鞭子啊
强过父亲的呵斥和棍棒

忘不了　大年初一早上第一碗
水饺端给乞讨者的热气腾腾　那
与你年龄还不相称的慈祥目光
从此助人在我心中扎根
一次次收获有声无声的赞扬
不曾把回报思想

忘不了　扫盲到炕头　你写出
漂亮字时略带羞涩自豪的目光
扫盲者张大嘴巴“老师”的尊称
稚嫩心灵撒上学问种子　至今
我还在学问路上不停寻访

忘不了　车启动
你总站家门口追随眺望的目光
那是斩不断的牵挂的丝线啊　儿
才不至成为断线风筝
飘落梦乡思念的荒凉

2018 年 1 月 26 日

## 寻　梦

——贺诸城市作协成立十五周年

我属喜欢摸着文字过河的晚生
半头白发覆顶
浩瀚文海中荡悠
沉吟异同于常人的性情

从小结缘　文字
凭花言巧语的魔力痴迷我
永远填不满的脑海和眼睛
欣悦前人智慧火花　窃喜自己
思想变作行字引起稀落的共鸣

久长仰慕　偶然机会
遇你步入少年
活泼灵动　意气风发
欣然与你勃勃身躯相拥相融
似走进新家沐浴春风
享用另外天地独特风景
与早来的一批追梦人
徜徉在五湖四海的心境
一起寻梦

梦在长短小说洋洋洒洒
梦在散文细腻饱满感情真挚
梦在戏曲剧本传统与现代融合
梦在诗歌深情四溢动人魂魄

梦在昼思夜想的搜肠刮肚
梦在精益求精的字斟句酌
梦在通古晓今地精读细研耳红面赤的争论
梦在中外通览为我所用的博纳广学

梦在自由纵横驰骋的畅想
梦在直面感动饱含泪水的写实
梦在悲喜交加淡然超脱的回忆
梦在刻画未来的美好展望

梦在聚散的照片
梦在恨晚的相识
梦在酒杯脆碰的欢快
梦在倾心指教的惬意

梦在踏入山河森林
荒地灾区的集体采风
梦在独面世间万物变迁气象升腾
何以为我的沉思
梦在流出字行的笔端磨出心仪乐声
梦在手指敲响键盘
文字活跃张力强劲的生命

梦在署名作品登上大报名报
引起读者打来电话称奇
梦在编辑精挑细选
读者爱不释手的杂志
梦在不知不觉一觉醒来
声情并茂的朗诵
梦在团队反复修改
凝练感人肺腑的颁奖词

梦在微信群相知
好友阅后真诚地纷纷点赞
梦在众人熟练背出原文原话
摇头晃脑地陶醉
梦在文心躁动不安
感知化为篇章飞扬的满足
梦在突破时空
触动心灵的流传久远

梦在十月怀胎一朝分娩的
痛与快乐的赌注

梦在山重水复疑无路
柳暗花明又一村的灵感迸发
梦在天生我材必有用
时不我待舍我其谁的狂放豪迈
梦在以文载道
懂与不懂交汇的另类孤独

一位翩翩少年正坚毅脚步
挥洒文山惊异在同行耳闻目睹
新篇章凸起大美龙城舜帝故里
日渐丰满的羽翼抖出精彩无数

十五岁的少年是待点燃的火炬
心底该是一片净土　长出
纯粹纯洁纯真纯朴之物
世界已够喧嚣
莫让庸俗沾染洁净的面庞
莫让无聊占据扬帆的心绪
莫让虚名套死丰满的花苞
莫让枷锁锁住轻盈的脚步
诸城这块敢为人先的热土啊
须有人高举挥舞梦想的大旗
冲破传统束缚
高喊时代强音
垒砌新的文化繁荣高峰
把人杰地灵的古传粗壮延续
少年　你这活力十足的少年啊
栉风沐雨砥砺前行吧

扬弃中成长成熟
予我无尽祈愿
以光辉四射的答复

2018 年 2 月 11 日

# 未来之路是一部厚厚的新书

——贺王超然、张钰新婚

今天　欢庆着打开新书
可仔细思考过　如何
读得风生水起
不留遗憾于漫漫长路

新书内容芜杂纷繁
油盐酱醋交织成现实无法规避
诗和远方交织浪漫情感火焰
欲望无度挖出诱惑的陷阱
超然携带佳酿沁爽疲惫的心田
婚姻是矛盾的糅合体
家是避风港湾创业加油站
底线　不可逾越
甘醇　竭诚调和方能久长柔绵
一幕幕将在书中上演
你们能否甄别并经得起考验

新书　喜庆婚礼是最早的开场白
记住辉煌大厅里的音乐吧
记住亲朋祈愿的掌声吧
记住主持人的生动话语吧
记住交换钻戒四目相对的深情吧
这爱的见证爱的承诺　能否
嵌入智慧满满的脑海
分分秒秒警醒时有倦怠的未来
踏出不离不弃的强音
亲朋拭目以待

不能令亲人希望化作泡影
不能不让相爱双心高奏甜美乐章
赓续血脉　躯体融进时代营养
新书　只会读得更好
读出新的蕴含新的辉煌　这
作为一对新人的表态
怎样　怎样

不用回答响亮
路上　脚步已经铿锵

2018 年 4 月 23 日

# 曾经拥有

姥爷给买的新球鞋
穿在七岁的脚上　转圈
村中最大十字路口
引来邻居伙伴艳羡目光
直到夕阳收敛最后一缕
姥姥　回家的吆喝响彻街巷

四十五年飞逝
村还在原址
村名还是旧模样
公路依然穿村而过
水渠流淌依旧不慌不忙
翻建的房屋早已满面沧桑
十字路口去了哪里
老街坊现在何方
那双球鞋还苍茫在心
转圈的足迹仍刻在梦乡
浓重暖意不时透穿如今
因卫星腾飞而激动的心房

一双不硌脚的球鞋
垫高我瘦小身材

梦想　走出去的梦想
心中发芽生长　今日

村庄手机铃声此起彼伏
何处可寻　姥爷姥姥
牵挂的叮嘱满脸的慈祥

2018 年 9 月 2 日

## 清晨，想跟你谈一件要事

不是晨曦还未露面
窗外　秋雨正绵绵畅欢
不是一座小城　后天
上演《秋月今更明》演唱会
门票有限
不是扫黑除恶战果可观
社会愈加平安
不是某知名人士病重
这你已知道
不是凌晨 4 点的梦
天空变成火海
自己浑身大汗
不是手头工作多么紧张
永远做不完
不是特朗普这美国佬

抛出两千亿美元关税大单
想谈的是
9 月 24 日是中秋节
何时回老家
吃一顿老父老母做的饭
享用老家屋顶之上
纯净久违的月圆

2018 年 9 月 20 日

## 煤油灯

无电的日子
一个人背着书包　穿过
高低不平伸手难见五指的街巷
敲开关闭的大门　最愿
那盏煤油灯的亮光
透过薄薄的窗户纸或玻璃
弱弱地照到脸上
再冷的天也感到温暖
害怕的心也随之安静下来

喜欢把灯芯挑大
火焰跳跃光亮陡增的瞬间

喜欢看母亲坐在灯前
安详地飞针走线

喜欢趴在灯下
快速读完借来的厚书画册

喜欢举灯透过玻璃
看雪花着彩飘舞

如今　城里灯火辉煌
为什么感觉少了煤油灯下的温馨
是什么让跳跃的灯火
久久暖在心头　不灭

2018 年 10 月 11 日

## 辉煌，一种深情的负担

——贺何洁、鞠立峰新婚

春眠不觉晓　睡梦
中断在鸟儿叽叽喳喳的歌声
今晨　窗外的鸟儿醒来早于平常
鸣唱格外卖力格外嘹亮
莫非催我快快早起
莫忘今日这个久久盼望的婚礼

从大学毕业那天开始
就关注你们的婚姻大事
不是观念陈旧　父母

走过三十多年风雨路的夫妻
深知成家立业与立业成家轻重缓急
祈盼早日永结同心　共享
家庭和睦的欢声笑语相伴平常日子
十多年　数千个日日夜夜
催促的说词可以吨计
暗地里流下期待的泪滴　终于迎来
厚厚地毯展现在大厅辉煌
互挽心上人　交换
象征终生不离不弃的戒指

每次掌声响起
绝不仅代表祝福的浪潮
提示　回忆的提示
蕴含在拍手奏鸣曲这来历原始

世上唯一的一对！
时间不在早晚
偶遇相知便是苍天美意
今日辉煌
一种深情的负担　你俩
永远愉快牵手负重前行的不竭动力
空谈无法变新的辉煌为现实
亲人和天地时刻注视

2021 年 4 月 19 日

贰

# 故园诵唱

# 删除手机号码

手机在加重
只因一面之识者速增
号码代表的人性各异
相识好呢还是不相识好呢
删掉吧　心理负担变轻

亲朋逝去
看到号码免不了沉痛
删除吧　回忆化作空中彩虹
偶尔一现　也算重温欢乐的曾经

善骗财色的人又来电话了
一阵阵反感涌动
删除吧　可恶的杂种
再也不想听到你的伪善之声

不孝的同学又来借钱了
说是为父母治病
骗人的鬼话说得满嘴真诚
不孝之人岂能结交
我不得不舍弃
你连最基本的人性都不懂

手机重轻互变过程展示什么
谁说不是人生风景

2015 年 1 月 18 日

# 过年偶拾

1

莫重龙年狗年羊年猪年……
有年过就好
莫管收入是否如愿
关键是健康平安
莫比鞭炮放得多响
心意表达就可
莫看衣服穿得多新
节俭总是真传
岁岁年年　年年岁岁如流水
笑看东方红半边

2

鞭炮硝烟笼罩墓地坟尖
礼花弹呼啸直冲蓝天
鞭响可是向地下亲人发出祈愿
礼花能否让天国灵魂想起人间
最高的二十枚爆响是我的奉献

奶奶　请收下吧
我泪眼中露出你的慈颜……

3

拜年时间越来越短
上坟时间越来越长
突然痛悟带领小儿——哪怕年龄再小
不顾寒风劲吹
上坟祭拜的根源

4

新年钟声刚响过几秒
窗外鞭炮就混沌一团
无从分辨谁点燃最早的一响
响得最早有什么好
难道新的一年竞争已经开始
管它呢　为了环保
我放一支最短的鞭　祈盼
蓝天更蓝　污染更少

5

给 90 多岁的远房爷爷拜年
他回忆往事神采飞扬滔滔不绝
以往罕见
他想告诉晚辈什么
老生常谈
爷爷真的老了
虽然相貌没有明显改变

6

新年祝福空中擦出火花
每部手机纵情信息到达的呼喊
家人除了父母和幼小侄子
都紧盯手机
新年晚会的说唱中沉默寡言
高科技让新年添加新的内容　只是
新内容是否成为亲人心融的隔断

7

多少人在此晚把鞭炮点燃
响音　文化同源的基因
栉风沐雨不曾改变
变的只有同一民族人的容颜

8

常年生活在喧嚣城市
买了房子也总觉得根浅
只有徜徉农村老屋边
听熟悉热情的方言
看炊烟袅袅
远望模糊的群山
才切身感到根的深延
即使年龄日高
陌生面孔越来越多见

9

邻村鞭炮声声
不知哪支是我的舅舅点燃
哪朵礼花是姑家表弟送上蓝天
他们的生活可如我所愿

10

闯外者如候鸟从四面八方归聚该去的地方
有的人投奔儿女或父母到外地过年
我的父母屡屡拒绝儿子请求
从未在春节离开家园
是为陪伴地下的先辈
还是对家园无限眷恋

2015 年 2 月 19 日

# 水泥课桌

父辈用过　后又轮到我
滑溜溜灰乎乎凉丝丝
曾画下男女不可逾越的白线
记不清多少回越过受到女同学铅笔直刺
曾写满公式生字
无数次画上同学头像打上“×”的标记
曾偷偷把同桌所属“领域”全部涂白

同学袖子沾满粉笔未受到母亲训斥
曾在夏日仰卧其上瞅着房梁
冰凉舒爽沁入不羁的心脾
曾写上骂人字词
就是不敢署上名字
犯困时曾趴在上面畅打呼噜
换来罚站直到下课铃声响起
……
或悲或忧　四年时光转瞬即逝
当我搬离原来的教室
不知谁又坐在我的位置
是否与我有一样的感触和经历

灰白清凉　你的特色秉持
为什么只要记起
总有忘不掉的暖意

2015 年 2 月 26 日

# 牛　蛙

船工摇动橹桨
我在西湖舒爽荡漾
湖光山色尽收眼底
暂时解脱负重怀想

不远处　一只硕大牛蛙
安憩湖心岛石头上
享受初夏阳光

多年不见这么大的家伙
船工惊喜
毫不犹豫掏出扣网
说捕捉到它
让我们美餐一场

我慌忙制止
它是生灵　与人类一样
何必因一时私欲
让杀戮　搅碎
和谐秀美的风光

2015 年 5 月 2 日

## 变与未变

——致同学李贤亮

个子未变
只是有点儿不引人注意的腰弯
是不是生活重压
让你感到有些超载的负担

嗓音未变
我猜那为让我听着舒坦
二十多年的杭州漂泊
岂能不会掺杂方言

语速快未变
大城市的生活催你成熟干练
你的语速快如机枪扫射
头脑清晰可见一斑

热情未变
你家传统在老家广受称赞
热情最好不要再改
那会使你过得爽心自然

细心周全未变
细心周全得我感觉汗颜
这完全是好事
好心得好报是我的祈盼

时代变换在你身上留下印记
家风仍在左右你的行和言
能不改的就不要改了
人生来就有的客观
需要改的就尽可能改吧　改
真让生活更美更甜

2015 年 5 月 2 日

# 老家土地的味道

牵牛耕地
起垄春日阳光
新翻泥土的气息让我迷醉
离家二十多年
至今仍能回味那芳香绵长

不用跪下去尝老家土地味道
母亲炒熟的花生裹挟淡淡的甜香
其他地方的哪有这种感觉
也许老家山岭薄地特质
游子没齿难忘

不用跪下去闻老家土地味道
听树上鸟鸣河中蛙声
家乡独有
一方水土养一方生灵
鸟鸣蛙声清脆悦耳
土地的味道飘溢长空

不用跪下去辨别老家味道
方言是最明显的地标
土地味道谁从方言中闻不出

身在异乡为异客
相同话音勾起多少美妙回忆

老家土地味道内心深嵌
即使走得再远
也难抹去原始记忆
那是股股电流
时刻刺激游子心底
那是根根丝线
无形无声
紧拴游子心房和手臂

2015 年 5 月 16 日

# 家乡的路

曾经
倾翻过多少牛车
难为过多少力壮的小伙子
滑倒过多少好汉
引发多少抱怨或怒气
激起多少顺达的希冀
路啊　家乡的每一条路啊
放纵性格
展示着历史

日出而作　日落而息
祖祖辈辈延续于此
上山下河　播种收获　生老病死
路啊　记载多少悲喜

已记不清走过多少次
只知道路越来越宽
路面由土质换作沥青水泥
拖拉机自行车越来越少
高铁呼啸一日万里

路啊　弯弯曲曲伸向远方
再远　再窄　再难
游子也能从地图上寻觅
那是一根根细线　曲曲弯弯
拴着游子抹不去的相思
每次回家
看不够沿途风光旖旎
流连连绵的青山绿地
即使秋风萧瑟　也充满诗意
即使冰封千里　心啊
也被路暖得升腾热气

土路　记忆或欣赏的景致
沥青路水泥路　已算不上话题
火车　坐得不再新奇刺激
飞机　起落不远处的基地
还有贯通世界的网络信息之路啊
早已通到老家邻里

路越宽　人越忙
家乡人正忙呢
忙着把原有的路再拓宽修饰
忙着把和谐幸福的新路开辟
让树和草越来越茂密
让河水溢满群鱼嬉戏
让鸟儿再也不愿飞离
让腰包鼓得一再撑破预期
家乡人正忙呢
忙着把幸福的欣喜　通过路
撒向祖国美丽的大地

2015 年 6 月 2 日

# 旧报纸

明天就要搬去新的地方
我已收拾完毕打好行囊
留恋的目光扫过陋室
感觉总有什么东西未处理妥当
莫非摞在墙角桌上的旧报纸还没浏览
令我忐忑　应把这一课补上
抛开一切静下心来
一头扎进边缘发黄的报纸
心在读报的快乐中徜徉

醒目的标题标准的式样
激情四溢的诗词小说戏曲
大家的画作书法奇思伟构
握手会见时尚风采劳作图像
激人向上的公益广告
锋芒如锥催人汗滴的生动点评
通联国内外牵动数千年的鸿篇巨作
引人慨叹承载历史的回忆文章

仔细寻找家乡的信息
不论长短不论在哪一版
只要发现　都会粗略读完
家乡　回忆中闪亮

翻找深读诗行
浩瀚大海中淘出的大家诗行
如饥渴行者吸纳水分营养
如饮佳酿的沉醉把窗外酷热阻挡

再次走进历史时光
爱国爱民的暖意流淌
崛起抗争的誓言震荡长空
改革发展的脚步铿锵
和风细雨润物无声
放纵面向未来的畅想
国内外大事再次尽收眼底
百姓小事也再让我欣喜或惶惶
那是祖国强盛和民族精神的一面面明镜
那是滚滚而来的正能

旧报纸　一张张
一路走来的记载
滋养心灵的海洋
一摞报纸堆积起来厚度可见
怎能测量内在的蕴藏
不要怨我今日才目睹你的容颜
阅遍　才感到轻松舒爽
浸染你的墨香踏上征程
披荆斩棘积蓄新的力量

2015 年 8 月 3 日

## 你的浪漫给了谁

我的浪漫给了春天
细雨花伞下轻依柔言

我的浪漫给了夏天
大海中欢快浪花飞溅

我的浪漫给了秋天
果实丰满激起诗意呐喊

我的浪漫给了冬天
踏响积雪深留脚印一串串

花前月下的卿卿我我
南来北往的路路风光无限

发给好友的倾诉微信
每逢佳节的以诗祝愿
欢喜时的仰天祈福
疲惫低沉中的异想天开
陪年迈父母走进名山大川
选一朵玫瑰花伸到老妻眼前
我的浪漫情怀如银河荡于天宇
令人不时意外惊喜惊叹

谁不想一生浪漫相伴
思绪飞腾如秋日晴空星繁
你的浪漫给了谁
请让鸿雁传书给我
我将以抒情诗还
记住　一定不要发电子邮件
我怕泄密
失去先睹的快感

2015 年 8 月 4 日

# 三十年前的照片

你这家伙的热心肠一如既往
竟然还能晒出泛黄的照片
即使是单调的黑白
也让我忆起从前　从前的容颜

那时上学条件岂能与现在相比
照片上的人却信心满满

岁月未消除彼此的记忆
照片温暖我渐硬的心田
留下影像的人去了哪里
是守着老屋耕种收获安然
还是做着天南海北的飞燕
是抱着孙辈享天伦之乐
还是忙碌在喧嚣世间

人生至此
职位穷富已似云烟
家和人安是关键中的关键
你们有吗
照片上的人和看到照片心动的人
“肯定有”那是我的答案
不要笑我年近五十还想当然
可有什么能泯灭我的情感
这群人三十年前走在一起
三十年的时光啊　苦辣酸甜
茫茫人海里偶然中的唯一
有什么能够改变

此刻　晨光初展
微信传来的照片似老电影
三十年前的点点滴滴又浮现眼前
期盼那曾经的聚欢伴秋的收获

再次降临我的身旁
时光漂洗过的颜面留在新的照片
三十年后的今日
眼含泪花翻看

2015 年 10 月 11 日
目睹同学孙茂军微信发高中时照片后拟

# 雪　狂

看　我的力量
遮挡阳光
大地茫茫
鸟儿不再飞翔
人乖乖地加厚衣裳

看　我的力量
击落枯黄树叶
压弯房梁
冻瘦松枝
清除尘土飞扬

此刻　我是世界主宰
一切都须为我让路
否则　不会有好下场
咦　那发蓝的一片是什么
为什么在我脚下不改变模样
看我与它猛力相撞

大河　淡定无声流淌
密集雪花狠狠摔落水面
听不见消亡音响

2015 年 11 月 24 日于寿光遇雪

## 冰雪中的红花绿叶

红花绿叶挺拔
撼人的美丽
蕴含什么信息
是否在期盼新的惊奇

来了　雪花轻柔密集
飘落姐妹俩躯体
红花更红　绿叶更绿
不要怪冰凉刺骨　有时冰凉
隐藏正能正炽

摘下那朵紫红
连同厚厚的冰雪
放在心上人手心抚触
不知她知不知道
火热的情感　也需要
冰凉提升温度

2016 年 1 月 3 日

# 立春之手

立春是个推手　冬天
这扇门吱吱扭扭闪向两边
寒风怀春止不住地钻进门缝
酣眠万物的美梦被轻唤

立春是个鼓手　冬天
这冰冷大军被雄壮鼓震击翻
让位给新的面孔
新的期盼如芽萌发笑脸

立春是个写手　冬天
这发黄的宣纸开始色彩斑斓
伊始的故事精彩纷呈
引人走进绿水青山

立春是个刀手　冬天
这萧瑟的苍茫被削去冷面
春姑娘来了
擎着火炬烈焰

2016 年 1 月 31 日

# 湿暗中的艺术之花

——致菌菇

湿暗中也有生命鲜活
你在非常之地诵唱自己的歌
我听不见却有感觉　要不
怎会食客赞语众多

没有与尘世竞争更多阳光
习惯湿暗中长个儿
无声地长啊长啊　另类缤纷世界
牵着蹉跎岁月

多数人说不详细你的来路
其实你有独特历程和忧乐
习惯默默无闻也好
省却世间杂事烦扰心窝

如果没有摄影家慧眼
岂能绽放你青春的火焰
魅力尽情展现吧
每种生命都有自己的春天

2016 年 5 月 17 日

# 你好，立秋！

我的睡梦被雨声惊醒
我的睡梦被雷声惊醒

你以暴雨降临宣布到来　终于
萎缩的塘坝挺起丰满之胸
大地不再显露干渴倦容
久缠的热汗消逝风中
秋实之实正加快丰盈
立秋　你好
我站窗前用欣赏雨声如歌的轻松
对你的光临表示热烈的欢迎

你以闪电雷声做伴宣布到来
道道闪电撕裂长空
滚滚雷声击穿厚重云层
幼儿又增长见识
恶魔存心者岂能安宁
立秋　你好
我躺在床上用面对电闪雷鸣的宁静
对你光临表示真诚的欢迎

你以雨击万物之声宣布到来
那可是天籁之音合奏　已多少时日
没有体味这美妙神奇的心动
写不出湿润的诗行宣泄愿景
立秋　你好
我用雷雨欢唱浸透笔尖把诗一气呵成
对你的光临表示由衷的欢迎

你好，立秋！

2016 年 8 月 7 日立秋适逢暴雨

# 给点赞者的致谢词

一首关于家乡苹果获奖的小诗
如在微信长河投下石子
涟漪激动我心沉寂
两千多人阅读点赞
出乎我的预期

舒爽友情暖如阵阵春风
更为相知者的良善惊喜　他们
同我一样深情挚爱这方热土
自豪家乡每一点发展变化的讯息

我该怎样回报
相识或不相识者的诚心诚意

把“诚谢”发布百遍
邀请春天赏花或摘果品尝于秋日
都可一试却过于肤浅俗气
还是写首诗吧
感激之情凝成文字
催颤相知者心灵所系
生我们养我们的乡土哟
谁能忘记
产出粮果的汗滴

2016 年 8 月 14 日

## 残　荷

岁月这彩绘大师
精绘叶绿花美令人赞叹
精绘枝折叶枯满目凋敝
同一片土地　色彩
变幻不同的故事和遐思

何必为荷残忧伤叹息
奉献辉煌之后淡然休憩
肢体埋入水的冰凉
积累来年奔放的气力　谁说
这不是一种美丽

如果此时雪花漫天
你会枯黄着身子挺起风景奇异
如果此时劲风疾吹
你会合奏大地之音的原始
我不会　为你
形容枯槁而悲叹岁月无情
使命　风雨飘摇中完成
你已大写过自己
从人的视野消失只是暂时　明年
勃发新芽翠叶
相伴花朵一尘不染
甩出丰满的莲子
催我再赋诗

你不是结束
而是过渡

2016 年 11 月 17 日

## 情史与诗

——为纪念徐志摩逝世 85 周年而作

至今　你的情史众说纷纭
引不起我多少好奇　只理解
没有多情的种子
就不会有丰满的果实

没有你激情四射
如潮涨潮落不息
就不会有那些优美的诗

那不是无衣可穿的时代
你把自己剥得只剩片衣
如水如火如山如冰如鹰
诗为武器　情感决堤
沉闷的世界猛添生机

从小就知道你的名字
念叨着你的诗一路走来
另类精彩静寂了浮躁
自己入诗入戏
赶在你身后
收获不大不小的惊奇惊喜

有人因情流传后世
有人以诗名垂青史
几人如你
情史混杂着诗歌
诗歌混杂着情史
割不断　道不明
情因诗炽热得烫手
诗因情厚重了谜底　一直
被后人惦记

2016 年 11 月 18 日

# 冬　雨

冬　已久久酝酿思索
雨下还是不下
下有下的好处
不下　理由也能说出很多
时光在犹豫不决中逝去
即将步入中年　冬
听见春的脚步急迫

下吧　下吧
无雨之冬是什么感觉
庄稼正急需解除干渴
麻雀已适应生活湿冷
人有办法对付可能的灾祸
如为寻求平衡仍不能决断
就把下雨变成降雪
万里雪飘　大地雪裹
山河何等壮阔
如何　如何

思考多久才算深思熟虑
降落一场雨需几道审批环节
职责和激情研讨中消磨

你这冬啊
白顶着一个大名
该奖你多少耻笑数落

2016 年 12 月 2 日

## 人牛暮归

落日余晖是个染缸
人牛树木石桥流水着上彩妆
劳作的疲惫被潺潺小河带走
农民闻着饭菜飘香哼唱

哼唱陶醉母牛和它的孩子
稳稳的脚步踏出声响
那是在为主人伴奏
庆祝归家迎着美丽夕阳

农民手里不见缰绳紧握
自由的牛却与人同向
回家的幸福人牛相通
何必让一根缰绳
把好心情勒伤

家已不远不必急躁
看看有无邻居走在前方
如有就打声招呼

人牛各有语言　此刻
各自脸上挂满快乐安详

2016 年 12 月 30 日

# 心中有梦

拉紧拉链　裹紧棉衣
寒风中站立
相伴待售的美食
假期里的孩子
孩子的假期

空隙　没有顾客光临的空隙
蜷缩起身子　坐下来
完成老师的布置

还有另外一道题
看好食品摊
多卖出一些
那是全家人的生计
事关春节忧喜
答案要令父母满意

一个孩子
寒风中坐下站立
两个梦
感动在路人心底

孩子　寒风中答题的孩子
如果我是你的老师
会为你打上满分
栋梁　都有相近的淬炼
你的梦想成真之旅
已经开始

2017 年 1 月 21 日

## 新年祭祖

阴历　每年最后一天
天刚蒙蒙亮
不论雨雪交加还是月暗星稀
我都会跟随族人走三里路
到种过庄稼的地头
摆供品烧纸钱放鞭炮跪拜磕头
从有气力跟上大人脚步
至今　半百有余

没见过地下的祖先
也没问起父辈是否相见
学着长辈的虔诚
我和同辈兄弟从未敢耽搁
后辈跟在身后
重复几乎相同的动作

地头平坦
连个低矮的土包也不存在
种着果树
枯叶满地
似有无尽磁力

2017 年 1 月 30 日

## 高潮已过

——春节后有感

腾空的礼花已成记忆中的璀璨
震耳欲聋的鞭炮消逝余波
新年的钟声只剩心底的回响
春晚的热闹与狂欢甜蜜在心窝
碰杯的祝福随酒香浸润疲惫的旅程
压岁钱的惊喜淡于完成作业的灯火

早起的农民弯腰细看麦苗长势
远行者背起行囊踏上飞机轮船高铁
企业家提前研判市场风云变幻
公务员早把国计民生思索
返程的路途开始忙碌拥挤
新的画卷正舒展岁月蹉跎

归返如潮　喜忧如潮
潮起潮落都是曲曲高歌

愿景　变得可触可摸
谁都清楚必须怎样选择
一切都在路上
人人都是过客
高峰低谷无处不在
笑看大海浪涛无歇

2017 年 1 月 31 日

# 立　春

从今天起
得为寒风改名

鸟儿似乎叫得起劲而清脆
时节变换　莫非
感觉比人还灵

站在楼上听　风
少了暴躁
多了柔情

无法准确测得
今天之昼比昨天长了多少
惜时的人都懂

踏入草地
听见种子喊疼　芽
要顶穿皮层

2017 年 2 月 3 日

## 春雪辩

有诗人调侃我
与冬交错
投入春的美色
这可真的误会了我
一片痴情如火

水量有限
我的形成须多方磨合
不论怎样磨合
数量就那么多
我该去到哪里
苍天都眉头紧锁

怪都怪我的祖国
人口众多地形多变幅员辽阔
我无法均衡到达每个地方
久久盼我的乡亲哟
失落再失落

为我们的祖国骄傲吧　我
在西北东北为雪
在齐鲁大地化作圆粒颗颗
在南国变身为雨
间隔不长　形态不一　为人添乐
心愿如出一辙
感谢母亲胸怀宽广
允许彰显各自性格
世间才有我们精彩洒脱
瓢大的小国啊
羡慕嫉妒无可奈何
调侃的诗人
有没有相似的感觉

2017 年 2 月 21 日

## 无臂少年的歌唱

百花盛开　无臂少年
站在喧嚣大街歌唱
歌声优美吸引路人目光
纸币　不时落进求助箱

不想细究少年无臂根源
怕再次激起远去的痛伤
花季少年孤独歌声飞扬
鲜花正在大街小巷绽放

援手　无声走过少年身旁
有牙牙学语有白发苍苍
有打工者一脸沧桑
有西装革履匆匆忙忙
更多的与少年年龄相当

无臂少年　为啥
不选唱幽怨之歌
于人流如织的街上　是否
揉进人间爱意的花香
温暖你曾孤寂无助的心房

2017 年 4 月 7 日

## 雨　滴

春天　如少妇情意绵绵
夏天　似刀剑造万物形变
秋天　积满厚重沉思收获渴望
冬天　雨雪转换筑就奇观

我愿春时雨滴抚湿苍颜
我愿酷夏赤裸上身挺立山巅
雨滴肆虐洗刷蒙尘心烦
我愿伸手接住中秋之雨
看带来多少远方思念
我愿雪落发梢忆起雨滴温暖

一个雨滴划出什么样的曲线
一串雨滴串起多少情感
应时而生　随遇而安
各自书写辉煌　看世间
人与雨滴勾连多少诗篇

有人把雨滴收藏
收藏的只是水啊
哪见雨滴活灵活现
雨滴啊　公正自然秉性如山
私欲　岂能改变

2017 年 4 月 13 日

# 美照猜测

微波荡漾惬意遐思
彩霞浸润湖光山色
美　在此定格

一张照片　没有明确
拍在海边还是湖泊
任人猜吧
只要这样的谜底
引我自豪
我美丽的祖国

拍于日出还是日落
仔细琢磨费心猜测
猛地哑然失笑
日出也好日落也罢
只要属我祖国壮丽山河
朝霞夕阳都美醉心底
何必分清时刻

令人惊奇的美景到处都有
随手一拍就能美颤心窝
只要真正爱着祖国

2017 年 4 月 26 日

# 五一遐想

## 1. 在老家

难得悠闲七十二小时
老家山水　再次
滋润疲惫的身心
好一个莺飞草长万物张扬
站山顶眺望
收尾春风吹起往事纷纭

宽阔公路车辆疾驰
机器轰鸣替代老牛气喘吁吁

炊烟缓缓升腾不再是一道盛景
水桶悠悠压弯腰身定格在历史

何处能寻到山岭平地原来的影子
沟渠注入时尚气息
补丁衣服几乎绝迹
种地人已离不开电脑手机

从卖掉的老屋旁边走过
喜怒哀乐从大脑中剥离
老屋依然一幅温暖模样
后住者难懂我的心思

家乡故事装满我的记忆
漂泊淬炼故事
充实我孤独的心底
故事浸入骨子
时风劲吹
岂能飘向天际

## 2. 诗源

彻底甩掉棉衣
大胆小伙儿展露胸肌
美丽姑娘裙裾飘逸
百花绽放各自梦想
鸟儿早起脆鸣不遗余力
河水涟漪生命律动
喧嚣城市缤纷暖暖色调

好一派个性鲜明活力四射
有什么理由拒绝欢喜
走出去吧
离开家
离开办公室
迎着阳光走进田地
那里　惊奇惊喜
在等你对话
催你灵感迸发
信手成诗

### 3. 雷声将起

云在变换容颜积累气力
雷正沉思第一声何时响起
但愿那惊动如火山爆发
欲壑难填的心得到洗礼

### 4. 劳动者

读书赋诗
聚会相知
忙碌流水线上
来往病房诊室　不同方式
度过这个假日
有收获　就该欣慰
不论如意还是未达预期
劳动并不抽象神秘
每个生命　劳作

从孕育就已开始
春光不可复制
劳动是条无形的鞭子

## 5. 打扰燕子

上次回家　还不见
你们双双出没老屋
今日站在屋顶
朝我呢喃
似乎紧张质问：
你是谁
为什么到我家里
打乱和谐的生活秩序

欢迎来到我的老屋
日出而作日落而息
你们和我的父母有共同之处
优雅飞翔　恩爱扶助
年迈父母收获新的乐趣
感谢日夜陪伴减轻老人孤寂
请安心在此生儿育女——我的回答
你们是否听见
但愿下次回家　见我
不再如临大敌
似我踏入陌生门户

2017 年 4 月 29 日

# 等你的季节

雪花飘落的日子
翻开日历　细算你的归期
祈愿在远方全家过得惬意

春雨淅淅沥沥　无数次
抬头眺望远山苍茫
寻找你的影子
可吃得消一路颠簸
赠我意外之喜

早就想好见面时的问候
仔细研究哪条线最省时省力
与家人看过田野准备的美食
已为相聚写过一首诗
我在等你　等你

回返　你不必太过着急
只要按照预计
陪伴我年迈的父母
减少我这游子远离的孤寂
你是飘逸老人眼前的花絮啊
你可知　你可知
你这冬去春归的燕子

2017 年 5 月 2 日

# 咖啡恋歌

没有做过实验　咖啡
加进多大比例的糖
才能变得更甜

“多用点糖吧！”
“不，医生说吃糖多了会有风险。”
不顾她的白眼
他依然只是添加上小半匙
糖　瞬间消逝在棕红色的旋转

端起杯　深吸一腔浓香
他急速地把嘴趋向杯沿
“等一等，太热！”
她命令般阻止他迫不及待
如同三十年前　第一次
走进咖啡店

坐在时尚的年轻人中间
他在浏览一本诗集　她的目光
不时扫过不远处的渔船
直到咖啡温度适宜
一同喝下　白发相对
至夕阳碰触西山

2017 年 7 月 20 日

# 一缕风的心事

对不起　挥汗如雨的环卫工人
我的气力不足以吹走微尘
只能靠你的扫帚堆集
滴滴汗水重重落下
灰尘飞溅四溢

对不起　树上安窝休憩的鸟儿
我裹挟汽车尾气钻进鼻孔
尽管有枝叶遮蔽　依然
给你们带来叨扰的颗粒
惊扰夜梦直到微露晨曦

对不起　玉米地里除草的农民
面朝黄土背朝天　汗水浸透外衣
我拂过时你都来不及腰身直起
突然轻轻光临不能带给你许多凉意

对不起　站在河边远眺的诗人
我的经过没有给你带来遐想的涟漪
别怨没给你制造灵感的火花
看　我正吹动一朵小花摇头晃脑
她似要对你倾诉心事
你是否愿意为她吟诵情诗

2017 年 7 月 26 日

# 燕子的决定

猜不出　那对燕子
在老屋上空盘旋多久
花费多少心思
协商多少次　才决定
到我家落户
它们断言
我的父母是和善之人
只有这一点　我敢
拿人格和生命做赌注
那年大年初一清早　母亲
把煮熟的第一碗水饺
送给敲门的乞讨者　我站在身后
馋涎欲滴饥肠辘辘
四十多年过去
仍历历在目
也许　燕子嗅到了余香
要不　怎会翱翔千里
在我家安身
传宗接代
忙得不亦乐乎

2017 年 10 月 17 日

# 霜 降

卷起秋的尾巴　白茫茫
收藏远去的希望
替冬打个头阵
催绿叶变黄　看多少人
还没添加衣裳
来无声　去无影
低调呈现一片衷肠

晨曦初现
闪烁缤纷之光
哪怕时间短暂
也留一点儿精彩在世上

从树叶蘸些品尝
不同于雪花
不同于开水变凉
有人说你由水汽变化而来
可水汽哪有你淡定
披一层薄被　不慌不忙
改变大地模样　诗人
陡增多少感慨和想象　只是

环卫工人　从此
又将在寒风中早起晚归
枯叶纷纷飘落　扫帚
制造多少唰唰的声响
透穿城中迷离的灯光

2017 年 10 月 23 日

# 红　叶

在贫瘠的沟壑
点燃一堆堆篝火　那不是
青春活力四射
而是正与这个世界告别

奉献　竭尽全力
已无遗憾积存心窝
作别之前
还能做点什么

绿　只是单调的过客
红　方能代表情思热烈
还是借霜的魅力通红身心吧
再为即将蒙寒的大地
增添奇景一抹

脚下的泥土
因我飘落而厚实肥沃

明年　新景还会重复此刻
为红色而惊叹的人啊
多少人　懂得
珍惜每一枚绿叶
不为一时之利而苟且

2017 年 10 月 28 日

# 岂能只在一首诗里想你

放你在诗的开头或结尾
放你在诗的中间
甚至变作诗眼
许多诗里都有你的影子
难道你不懂　为哪般

给我在昏暗中壮胆
给我遐思和灵感
催我加快回家脚步
催我珍惜宝贵时间
在喧嚣尘世送我宁静
在消沉时刻激我挺直腰板
告诉我生命各有生存理由
告诉我别忽视内秀蕴含
提醒我星空璀璨也有悲剧
提醒我人仅把地球浅层打探

这么好的精灵　让我岂能
只在一首诗里想你　你这
草丛中无影的虫儿
你的脆鸣

2017 年 10 月 30 日

## 与猫夜遇

其实　你不用怕我
闪动心悸的目光
我只是一位过客　夜色
掩藏我的朴实与平和

其实　你不用躲开
疾驰到大树旁
我只是一位过客
匆匆散步舒缓疲惫身心
你身处异味垃圾堆
找寻果腹食粮　难道
我的脚步声惊扰你的心房

其实　你不用紧张
你我各有忙碌压身
这条小巷狭窄且少人光顾
孤独也会铸就心灵舒爽
此时　昏暗是我们共同的享受

我喜欢听你喵喵的柔美
你是否爱看我大步流星甩开臂膀

让我们用目光对话吧
交流彼此的念想　昏暗中
独享另类轻松
激我酿成诚信共生的诗行

2017 年 11 月 6 日

## 砖缝里的顽强

不必可怜　我们
生长的地方不够宽敞
一条缝隙已经足够
栉风沐雨
笑纳明媚阳光

不必同情　我们
孤单躯体迎接晨光夕阳
其实这支队伍足够庞大
只是你的眼睛缺少发现
低调登场
激动不了麻木的心房

不必点赞　我们
只是平凡生命一场

既然种子选择砖缝安家
再贫瘠狭小
也是家乡　岂敢
无理由地不发芽开花
奉献一篇锦绣华章

不必哀叹
寒冬无情降临　我们
柔弱身子经不起冰雪风霜
早已练就如何抵抗
一颗冻不死的心敢与严冬叫板
人　可有胆　裸体
与我们并列冰封日子
迎风歌唱

2017 年 11 月 11 日

## 发　言

地毯吸纳略带紧张的脚步声
迎着熟悉与陌生的目光
心脏一阵紧跳又淡定如常
挺直脊梁站上发言席
面对几百张严肃的脸庞

最纯正的方言在大厅回荡
语速缓慢　字词铿锵

抬头瞅几眼台下
近视眼　岂能看清
听众木然还是赞赏

不去管那些了
按照既定节奏把文字张扬
褒贬任人去吧
我已尽力完成重托
不求万古流芳

走下讲台似卸掉千钧重担
抹去额头微汗发亮
如果建议能开花结果
百姓受益竖起大拇指朝上
不枉费心反复修改那两千多字
上台大声呼吁一场

2018 年 1 月 17 日

## 年味儿

寒风吹散香烛轻烟缭绕升腾
供品无法直摆天国亲人面前
点燃鞭炮吧　火花耀眼震耳欲聋
传达我的悲痛思念和祝愿

路前所未有的宽阔　回家
万条溪流汇作江河

又分成数不清的溪流
团聚的欢声笑语来自四面八方
鸟儿脆鸣相和诚贺

补丁衣服化作传说　穿新衣
已不是最兴奋的时刻
把历史讲给孩子听吧　稚嫩的心
才能珍惜来之不易的生活

不仅走亲访友　还要到
住过的老屋牵过牛的山地
栽下的树林溜过冰的河边
任寒风冻瘦浮云渐重的心田
舒爽阅世喧嚣疲惫的双眼

莫说年味渐淡
别道时间重塑容颜　骨子里
基因岂能轻易改变

2018 年 2 月 14 日

# 当你老了

脸上　每条深深浅浅的皱纹
都是你跨过的沟沟坎坎
每块大大小小的老年斑
都是岁月星花璀璨

当你老了　愿你
因有老的体验而意足心满
欢吟无愧的诗篇

是否还爱读叶芝的《当你老了》
哪位耄耋女士牵动垂老初恋　眼前
常常浮现青春的纯真浪漫
当你老了　但愿你
还能接听到她的电话
读到她写的阔论高谈
款款而聊中闪动共鸣的火焰

岁月无情吸净你的储存
生死　有时不是人能估算
有人说好死不如赖活
你愿选哪一种
可否听我建言：无疾而终
哪怕带走亲朋不能相见的遗憾

2018 年 2 月 26 日

# 三月与二月

携阳光满满的行囊
三月把二月挤向远方
我不得不与二月告别
用回忆的诗行

三月　不要以为你有和煦春风
就可任性张狂
春风催开鲜花也唤醒睡眠蚊虫
优劣评判只能是五五称量

三月　不要以为春光无限
就可趾高气扬
春光明媚令人陶醉也乱人心向
辩证看待是切合实际的良方

三月　不要以为你能带来春雨
就自傲成就非凡高高在上
春雨贵如油那是你的缺憾
二月之冷也是美丽风光

我喜欢三月更喜欢二月
不仅因二月上演
举家迁移万家团圆的盛况
更因寒冷衬托家国同庆的温暖
织成一张传承历史面向未来
祥和厚重之网
纷乱的心活跃于定向的温床

2018 年 3 月 2 日

# 秋 夜

秋夜　黑着脸
抹去最后一缕晚霞
星光穿透突然变薄的雾气
与虫儿对话

虫鸣杂乱起劲
少了夏时淡定优雅
莫非秋风凉意渐浓
时光易逝　担心
正喧哗浪花

凉　正赶在路上
虫儿　多少事还没办妥当
彼此忙着交换信息
夜色下描画期想

脆鸣包裹中散步
欢享此起彼伏震荡心房
脚步轻得听不到踏地声响　我怕
惊扰虫儿美梦
静谧公园绿地轻柔夜色
透射怨恨目光

2018 年 8 月 12 日

# 暴　雨

哪来那么多解不开的怨恨
前天到昨晚　黑云
如棉柔软化作雨滴坚硬
急速撞向地面
似被灌入迷魂汤
无悔无怨

摧枯拉朽　紧抱成团
30 多个小时连续奋战
终于收获屋塌路毁树倒墙断
大地龇牙形变

今日　空气水洗
蓝天白云情意绵绵
白云悠闲移步
可曾疑问
前天昨晚
前辈到底干了什么傻事
面朝土地背朝天的农民　一直
朝我们翻着白眼

2018 年 8 月 20 日

# 一潭秋水

我的家乡四季分明
一道堤坝
人造的风景

称一潭春水
多了轻柔浪漫
少了丰满厚重

称一潭夏水
过多威猛躁动
太难诗意丛生

称一潭冬水
禁不住缩起脖颈
想起乞讨者流浪他乡　只有

称一潭秋水　才
柔绵浑厚丰满富足集一身
诗情画意如洪迸涌

同一片山
同历多年炊烟腾升

一字之差　感觉
如双眼扫过四季变幻如梦

祖宗啊祖宗
何必造字如神　折腾
我这片浸润祖传
抛不开的乡土深情

2018 年 8 月 22 日

## 一个老人的孤独

坐在城里的喧嚣
路人无言走过身边
半天不曾开口
车的轰鸣是不懂的语言

几只麻雀欢跳身旁树上
互致晨起问候
秋日天蓝加入新的蕴含
麻雀信步走近
歪头盯了老人几眼
这白发苍苍的老头
正把什么人思念

想抓一只麻雀
放入望不到边的网

喂它一点　听些
翅膀抖动
思家的心情烦乱

2018 年 9 月 8 日

## 月光里的家乡

犬吠还是原状
鸡鸣依然准时奏响
小河早已习惯静流
庄稼无声生长
谁家灯笼仍挂门前
谁家酒香溢满街巷
偶有人相对走过　问候
方言让不变的亲情回荡
月光里的家乡
家乡里的月光
我心中暖暖的难忘

穿村而过的公路再次拓宽
车灯串成流动耀眼的河面
家门口停留各异车辆
窄窄胡同喜呈拥挤容颜
机械化之梦已落地生根
电脑键盘正敲出另类梦幻
街灯下舞曲明快悠扬

勤劳的农民扭动腰肩
招式不够专业却也合拍
健身走进百姓之家
好心情悠然月光柔绵

时代春风　正吹遍
日出而作日落而息的祖传
月光里的家乡
家乡里的月光
心中难忘的温暖

2018 年 9 月 16 日

## 孤独中疗伤

日子无论走过多少
难忘缰绳穿过鼻隔
失去自由的悲伤向谁诉说
无语面对月耀苍穹
时光洗淡钻心的疼痛

人再多再聪明
无法懂牛的说明
别子哀伤　只能
哞哞的孤单呐喊中
自我消停

叫得再有力再悲恸
远方也难有回声
被鞭打的伤疤
留待岁月渐渐抚平吧
和人不是一路
孤独必须适应

早出晚归
形单影只留在平原丘陵
风里来雨里去
一辆牛车
一套犁耙
一成不变的吆喝
独自撑起一片风景
于时光飞逝无情

2018 年 9 月 16 日

## 看，中秋的风

中秋之风
略带寒意的中秋之风

吹散长空水汽沉重
天　蔚蓝少见的本相
月　笑露光鲜的脸庞

吹起温柔的粼粼波光
江湖水不似夏时混沌如汤
鱼儿摇头摆尾徜徉悠然
水草拍手欢迎太阳明亮

吹出叶面皱褶疲倦变黄
吹出枫叶红菊花绽放
吹出柿子金黄枝头
吹出漫山遍野另类苍茫

吹熟田地奉送
花生苹果玉米高粱
争先恐后亮出果实
如意与否在农民心里
栉风沐雨竭力而为
就值得掌声如大海涛声震响

吹起一片片诗意荡在天地
激动多少人心房
有人睁大灵性双眼
踏原野写下华章
我拟赞叹的诗行

2018 年 9 月 26 日

# 叁

# 家乡丽景

# 山岭，立体美化了我的家园

——诸城山颂

谁也能　说出老家的山名
有时东山西山指的地方相同
我能说出
马耳山障日山竹山庙山
大山卢山巴山一大串
还能说出
南岭西岭北岭打虎岭羊步岭等名称
说不出名字的有多少
山岭　笑我数不清

平原　一派如镜的风景
起风　却听不到松涛如潮震天
雄鹰展翅　却少了俯瞰险峻苍茫
鸟鸣清脆　却没有回音幽远连连轻弹
河水涌动　却寻不见远闻其声的溪流潺潺
我羡慕一马平川
更喜欢平原山岭相伴
我的家乡平原高山勾连如画
既能分享收粮满仓的喜悦
也可体验登山追攀的快乐

既许车辆驰骋如入无人之境
又能体验眩晕的公路盘旋
既可惊叹沃野一望无际
又可赞美山间脆鸣婉转
河流如龙蜿蜒舒缓
瀑布直立遥挂前川
房屋整齐排列方阵
山村攀附崖壁似花园
不用走多远
便可见山岭风姿绰约
直观什么是渺小伟岸
不用走多远
便可见平原如毡
知道什么是饱腹根源
我的家乡哟
立体的原野
可触摸的梦幻

有山的地方多得是
何必把老家的山夸赞
一方山水育一份美景哟
一方水土兴一方人烟　谁
能把养育之恩抛到九霄云端

2015 年 7 月 24 日

# 水，把家园美丽成功雕琢

——诸城水赞

没有江南水乡湖泊紧密连江河
没有东北白山黑水粗犷动心魄
没有西北滴水贵如油
我的家乡呀水不多也不缺
百溪汇聚扶河与淇河
杨柳岸边人欢吹箫歌
九龙河拐过九道弯
无声诉说古城路蹉跎
涓河源自马耳山系清如镜
孕育恐龙化石多少谜和惑
潍河纵横身躯似巨龙腾飞
宽阔纽带串起悠悠岁月
大山脚下清流成瀑润山绿
多少游人涤除心中污浊
天赐水源三里庄水库涌动如浪波
墙夼水库丰收不可计数的粮果
石门水库水美鱼肥荡出一番仙境
吴家楼水库引人遐思丘陵秀色

七十多条河流啊　是脉管是鲜血
一百三十多座水库啊　是明珠是宝藏
滋润张择端的笔墨
延续恐龙时代草密树多
积淀十万人家尽读书的民风
见证消患除灾的力量集合
勃发土地的生机鲜活　水
把家园美丽成功雕琢

历历治水史载长河
多少故事任由评说
一座古老新城正崛起
水生绿绿生水早已醉人心窝
一方水土养一方人哟　秀水中
龙城人笑度春秋如梭

2015 年 9 月 27 日

## 穿越历史

——山东省诸城袁增海民俗展览室观后

突然获得穿越本领　重返
三十年前六十年前
说不清楚的年代
心　变回年轻

耧犁杈鞍地排车手推车
各种农具在此集合　此刻
老家老屋田野牛哞驴鸣生动眼前
朝阳下弯腰耕种挥汗如雨
农民中有我的父母在播种收割
如今已是风烛残年　忆想间
回老家的感觉强烈

主人打开自己修好的旧放映机
《地道战》在旧的银幕上演
我和同学笑坐幕前任时光倒流
调皮的顽童已迈入五十岁门槛

挎起篮子　扛起杈锯木锨
西装革履裙裾鲜艳
同学滑稽的合影嵌入心底
忘不掉惊愕的笑脸

翻开泛黄的书籍
细看家信票据账簿
听一听唱片机飘出三十年前的流行
拨弄几下笛锣号　敲出鼓声
抚触一番炉灶风箱黑碗锅盆斗升
……
旧物　旧物啊
我用过和未用过的旧物
我叫出名或叫不出名的旧物
我忆起年代或忆不起年代的旧物

来自家乡或他乡的旧物
完整或破损的旧物
大大小小材质各异的旧物
精致或粗糙的旧物
修好或无法修复的旧物　被有心人
集摆大厅红红的地毯
猛然温度陡升生命鲜活
承载历史如江河奔腾大海浪翻

穿越历史
从这里开始

2016 年 3 月 27 日

## 超然台

岁月　可斑驳你的砖窗
战争　可摧毁你的躯体
人　可任性偏执地拆掉
不剩一瓦一石
你的气质却如日月星移
嵌入历史记忆　只因
苏轼和他的
经历
画
诗　时时

拨动后来者心弦
与你共鸣相知
走进去吧
看鲜活的诗词　超然
镌进骨子里

2016 年 10 月 18 日

# 和平街

作为中轴线　一座城池
被切成几乎均等的两半
载满岁月记忆　期望
凝结名字里

时尚没有半点遮蔽
继承不时露出影子
传统与现代交汇融合
混搭风格张扬天地

无法与北京长安街相比
不能与青岛中山路并论
来过的人却无不赞叹
浑身独具的壮阔与美丽

寻找曾经已非常不易
街面变换如秋风劲吹的山脊

不必怨恨改变太快　只要

变得越来越美

霓虹如洪沁人心脾

2016 年 10 月 18 日

# 山东诸城恐龙国家地质公园

## 1

缓慢地一步一步走进去

火山爆发　陨石如雨　洪水无情

恐怖　挣扎　死亡

死寂荒凉草盛

惊诧我的心脏

抚摸一块块骨头

血液在石头中流动

冰凉　透穿我的单薄

生与死的演变

在此撕裂　一涧

两重天

你是谁

恐龙化石问

你怎么了
我迷惑
风　吹起阵阵
厚重岁月的迷茫之尘

2016年10月24日

## 2

以恐龙为主题命名
你这无数公园中的一个啊
多么富有个性

弃那么多汉字不用
单选“恐”
这“恐”字代表什么信息
多少人心经得起龙的刺激

鸭嘴龙高大如山却转身困难
霸王龙凶狠张狂杀戮快感
原角龙超大脑袋存储多少记忆
翼龙翱翔蓝天绝不仅为悠闲
鲜活生命如今化石无语
生死经历什么故事

无数身躯集中一地埋葬
壮观场面悲剧一场
偶然机会重见天日

多少人惊奇惊喜

悲喜一幕被扯在一起上演

岁月啊　喜欢延续生死的岁月

留下多少神秘多少未解之谜

2021 年 4 月 25 日

# 马耳山

如果想触摸云

去马耳山吧

山东半岛最高的延伸

攀上去　体验什么是

腾云驾雾苍茫无垠

众多传说尽揽于怀

两只耳朵反射历史承载

与风雪碰撞　与骄阳相亲

孕育一方水土

大写无悔之爱

文人墨客咏诵无数诗文

意境再高再远

也超不过你的厚重深沉

处世　你有自己的分寸

小时候站在老家丘陵
琢磨你模糊的神秘
长大后端坐你的背脊
我生出超然的羽翼

2016 年 10 月 24 日

## 潍　河

家乡是龙体
你是血脉
从西到东一路穿行
吸纳真诚深情还有慢待
铸就独特的风景

脸　随四季变换色彩
双肩　扛起责任沉重
无论怎样改变　总少不了
母亲对儿女爱的柔情

也有怒的时候
看滚滚洪流猛吼
不　那不是怨怒
而是包容
包容着带走一切污秽
还一方水土洁净

众多传说　太多希冀
厚重你的身躯
你用大度滋养古老热土
勤劳智勇的人与你一起脉动
美妙旋律引来惊羡瞩目

2016 年 10 月 24 日

# 龙　塔

河问：
城市之变快如高铁
四周高楼崛起林立
我正洼下去
你是不是变矮了

塔答：
不　我还是最高的建筑
二十多年的变化我时刻目睹
周围高楼正向我逼近
我减轻了孤独

云问：
千年古城被誉龙城
演绎龙的传说龙的灵动
把你比作龙须
赞不赞同

塔答：

看　我脚下就有两龙飞舞
那是花草树木加上智慧的凝聚
转播广播电视节目制造精彩
接收发射　辛劳中收获幸福
数字信息来自四面八方
我的触角无形却伸得很远很远
比作龙须很酷

风问：

我有时独自有时裹挟雪雨
碰撞冲刷你的身躯
无情折磨
你是不是感到痛苦

塔答：

二十多年的折磨
不　是淬炼
我的钢筋铁骨已经受住考验
云集雨猛只是变换的景观
我被衬托不同的容颜
看　每天都有人前来拍照
我听见惊喜惊奇的赞叹

河云风齐赞：

大海有定海神针
龙城有塔向天延伸
一根天线连接天地

人在塔下度日安稳
超然担当神圣
大写世间爱心

塔答：
我是龙城人的杰作
寄托龙的精神
脚下热土日新月异
我只是尽了本分
求将来别内心有愧　史志
有一篇短的赞文

2016 年 10 月 25 日

# 刘墉栗园

有的地方以桂花扬名
有的区域凭牡丹取胜
万亩栗园奇观奇景
潍河岸边一方宝地
收获远近多方好评

该怎样形容
春天花开如雪
夏日草木葱郁
秋阳下果实累累
寒风凛冽时刚毅坚挺
我词穷

如果
看够名山大川
赏厌花艳海蓝风吹草原
有意体验哲理与自然
请到这里来吧
拥抱融进沧桑岁月的肢体
攀上枝丫与鸟儿亲密接触
面对粗壮躯干根须许下心愿

握笔的手
绣花的手
长满厚茧的手
柔弱无骨的手
请伸出来吧　板栗期待
被从枝上摘下
被从地上拣起
枯黄中透着坚硬的刺啊　会告知
这是一片另类天地
付出与收获的快意与哲理

2016 年 10 月 24 日

## 常　山

1

路为飘带
山做龙头

常山似风筝
荡漾绿野花海

2

史书可有记载
苏轼登山从何而来
我走过的路
有几段重叠古时风采

3

从未打马狂奔
只叹乘车风景奇变
如你坐车我策马
苏老夫子　聊发少年狂
能否再次兑现

4

游人如织
狩猎场何在
鸟鸣残存峭壁沟壑
《密州出猎》如何展开

5

风筝拴住人的眼睛
轻易高越山顶
细线无形
羁留多少世间冲动

苏老夫子啊　文采独步
也是只无法断线的风筝

6

我没有考证　苏老夫子登山
从东到西还是从西到东
有一点可以肯定——
自由开辟路径
一条新路一片新景啊
我只能沿设定路线攀爬
围挡　败坏多少喜惊

7

雾霾略施小计
马耳山模糊身影
我的心
依然到达大海
穿越崇山峻岭人心暖冷

8

我告诉女儿　铭记
“仙客来炕”“助仙灵石”
“洞宾仙道”“绝顶广丽”　这些名字
详读碑文故事
久远的历史
历史久远的承继　即使
风乱吹四季

有时　人
心向短暂迷失

9

树根弯嵌岩石
岩石包裹根系
风吹雨打　千万年
紧紧相依
牵手走过　多少人
细思常山之“常”
有何深意

2017 年 4 月 4 日

# 万古塔

名曰万古　其实年轻
如含苞待放的花朵
舜帝故里流芳
东武遗风汇聚
自信满满稳对阳光风雨
推陈出新现代思想倾注

采天南地北智慧铸就风骨
材质　不畏岁月侵蚀坚固身躯
脚踏孕育恐龙文化的土壤丰厚
矗立天地彰显威武

春风拂过万物复苏
夏日洪流滚滚远去
秋时果实累累虫鸣合奏
冬季萧瑟助推活力十足
西来北去的潍河担在双肩
超然目睹故土崛起新的延续

淡定雅姿雄镇一方
凝集筑塔人多少汗水期许
苏轼如活在今世登高望远
多少诗词又会喷涌而出
前无古人后不见来者
人杰地灵的诸城大地又添新景
流传万古　万古

2017 年 11 月 17 日

## 庙山，在我老家东

春天　标志
各人解释有异同
每年三月三日闹庙会
方圆百里赏春景
人多少　数不清

祈求者　请进洞
燃香许愿

烟雾缭绕心平静
莫论日后败与成

无求者　登山顶
世间苍茫众山小
劲风摇枝芽传情
百鸟脆鸣爽心胸

稳踏石　轻抚松
沟壑落石
回音归来需耐性
落叶归根化作泥
深情谁不懂
但得悠闲短暂
思绪舒展远飞腾

一路随心欢笑　莫忘
斜阳下我的老家霞映红
伸手可触动
鸡犬之声相闻
老死亦相往来的老家哟
好一派祥和温馨
好一片土地情浓
满载无数传说
刻录我的历程
欢迎经常来做客　庙山
在我老家东

2018 年 4 月 18 日

# 王尽美，闪光耀人间

## ——观中共一大代表王尽美同志故居有感

1

低矮茅屋　耕田种地
老实巴交的家族　伟人
淬炼积淀中孕育
接地顺天
感召同向人心万古

2

谁为你点燃
启蒙心灯第一盏　母亲
种地纺线织布识文解字
擅讲故事善良耿直的母亲
播撒求变种子照亮迷茫的心间
除暴安良的英雄好汉心中扎根
追求的目光投向高远

3

家　再温暖
也得神伤着离开

乔有山外还有山　起步
忧国忧民舍身兴国的高点

4

张扬个性和思想
潍河水悠悠流过昏沉岁月
时常暴烈独有性格
你是一根火柴
闪光刺穿昏暗
时代先行者引燃烽火

5

从老家走出
路在何方
千万条路啊　你
毫不犹豫地选择
一条最危险的路
一走到底
多少人有你的胆识和执着

6

一路呐喊一路宣扬
新的理想如闪电
洞穿校园铁路工矿广场
走到工人农民中间
厚实脚印托起坚挺胸膛
齐鲁大地闪亮
最早的镰刀锤子相合的火种

混沌城乡悄然初醒
闪烁照亮前路的星光

7

不随波逐流
走出去闯荡
直面枪刀冷语
何曾细想生命危亡
当救国图存占领整个心房
血腥风雨只是风在耳旁
舍我其谁　率先趟新路
古老土地掀起奋起抗争的波浪

8

南湖红船
留下大耳朵的身影
孔孟之乡绽放新生力量
铮铮铁骨　山东大汉
顺应时代潮流坚毅如钢
一次会议历尽风险　你
不再势单力薄
视野　倍加开阔
拳头　握得更紧
意志　更加顽强
从济南到上海到莫斯科
从青岛到广州到山海关
忙忙碌碌　来来回回
青春年华无悔
多少艰难险阻抛在风雨路上

9

“你们山东有个王尽美，
是个好同志。”
从戴上红领巾
清明节走到你身边
直感你伟岸非凡　年过半百
依然没有丝毫改变
我的子孙的子孙也会记得
老家　地灵造就人杰
你是彪炳史册的典范

2018 年 7 月 7 日

# 高速公路穿过我家乡

——贺潍日高速通车运营

新的路标
洋溢青春欢颜
路面一尘不染
洁净走向远方的承担
一切　都新得令人心颤
如初生婴儿　你
任性新颖着舒展雅姿
于我的家乡
我的父老乡亲面前

好一幅美丽画卷
缤纷秋色中畅游蜿蜒
古老大地又添新的壮美
吸引多少惊奇惊喜的双眼
即使没有秋景相衬
你也美得独到自然

谁说你是一条路啊
分明是艺术上品佳作一件
汗水融进智慧闪光
美轮美奂

谁说你不是一条路啊
分明车流飞驰出心的畅欢
希望的目光透穿远方
梦　圆在远近之间

封闭的心境早已打破
你如一把利剑　又一次
把人的心地斫宽
出行更加方便带来的
不仅是舒心
还有旧的观念转变

一条路啊
分化千条万条　价值
谁能估算

2018 年 11 月 2 日

# 触摸远去的温情和风景

## ——写给山东诸城蔡家沟乡村记忆馆

流线型的手推车
锈迹斑斑的犁和煤油灯
老掉牙的手电筒　还有
年龄更长的老物件
不情愿地退出历史舞台
聚在一起　无声
面对来访者的喜惊　不

怎能说是无声　听
手推车吱吱作响
依然飘荡在山路秋风中
老牛犁地后　悠然
呼儿唤女回家的深情
煤油灯下　低矮教室
齐声朗诵透穿夜空
早已不再发光的手电筒啊
曾经陪伴我和发小　暗夜
脚步欢快少人的小路
哼唱　惊动鸟儿甜梦

再次与熟悉的物件相逢
沧桑刻在彼此面容　谁说
走进历史的物件不是生命
难道没有感觉
那不能移位的身上
凝满逝去的信息灵动
勾你忆起过往
不由自主伸手　触摸
远去的温情和风景

2018 年 11 月 12 日

## 岔道口公园

谁用独成一家的手法
题写令人遐想的名字
谁用超脱的聪明才智
规划山水草树小路浑然一体
谁匠心独运汗滴入土
才有亭榭长廊精致和谐
谁把历史名人祖传故事
嵌入大理石迎接陌生者惊奇
谁的视野宽广目光长远
寸土寸金的喧嚣城里
保留一块草长莺飞的绿地

多少画笔描画过变迁的美丽
多少写手抒发过飞扬的情思

多少幼儿蹒跚学步相伴鸟鸣协奏
多少游子流连忘返倾情赋诗
多少情侣相依留下相爱的誓言
多少人连拍晨曦中月光下
老老少少纵情的舞姿

谁没看过《清明上河图》
谁不关注谁执笔画出一段历史真实
挥毫泼墨者名叫张择端
就出生此地

2021 年 2 月 20 日

## 三里庄水库

随时随地　熟悉还是陌生
都能拍摄到美丽风景
只要有一双能犀利发现美的眼睛

容纳百川涓涓或汹涌澎湃
不是大海却有大海的胸怀
自己丰满的根源怎能忘记
毫不吝啬的奉献滋润干枯

小船鱼儿飞鸟激起浪花飞溅
山岭楼厦映浸水中破碎又复原
天寒地冻冰封不住蔚蓝生动
哲理展现在四季容颜变换

独有造型绝不是神仙恩赐
走进史书可以找到来路
万人齐聚战天斗地汗滴成盐
才筑你立世供后人启迪

2021 年 2 月 28 日

## 夏日神秘的竹山

中国地形图的一个点
山东地图上一个圆
昌潍平原南端黄海之滨
固定旋转的风团
诸城大地茫茫原野一片

没有水泥森林造就坚硬
不见人工雕琢杂乱
97% 的植被覆盖率
眼见为实是怎样的震撼
一望无际的绿海
荡漾多少无尽情思缠绵
鸟儿纵情合奏
未掺杂使假的祖传脆鸣
此起彼伏缓急有度轻重随心
道出什么醒心直言
溪流淙淙滋养陶醉涝豆细根
离开故土就无法生长挑剔什么蕴含
山巅青苔厚积源自何方

什么力量在悄悄蒙蔽灵动之眼
谁说浓密的负氧离子无声无形
舒爽全身疲倦顿消难道没有直感
雾气升腾神仙称奇的变化万千
大师如不身临其境
怎能描画真实的梦幻

山泉水富锶弱碱
多少人详知锶的奇特来源
世界之大　何处再能
寻到一处相同或类似的清泉

群山青黛崛起争先恐后如竹冲天
名字来历简单而又倾注浪漫
每座山头都有传说生动
竹山无竹
如不直观验证缘故多么遗憾

诸城大地茫茫原野一片
昌潍平原南端黄海之滨
固定旋转的风团
山东地图上一个圆
中国地形图的一个点　竹山润
一百多平方公里生机勃勃高深莫测
吸引多少慧眼独具脚步轻松　求索
透心的欣喜舒畅
原始的淡定超然

2021 年 6 月 10 日

# 肆 他乡情思

# 青岛栈桥

称桥有点勉强
叫路更为恰当
一段石头铺就四百多米
载人离开陆地走进海洋
回澜阁下远眺
生发海上漂浮看陆景的心潮激荡
一处古老与现代并臻的仙境
吸引无数惊羡目光
一张城市名片嵌入脑海
国内外游客纷至沓来拍照欣赏
多少人曾到此一游
海鸥作证鞋底把石头磨光

直面海鸥翱翔
抚触潮落潮涨
一个国家历史在此管窥
谁自豪骄傲
谁无语惆怅

2015 年 4 月 15 日

# 在上海外滩

静坐黄浦江边　我
五线谱上固定的黑点
湿润夏风轻轻抚过沉思的脸

凝神璀璨霓虹造就的光怪陆离
光怪陆离重复多少年来的内涵

凝神五彩缤纷的船只往返
往返承载自古重复的故事若干

凝神岸边恋人甜蜜相拥
相拥的含义千百年来未曾改变

凝神岸上人流如织
人流中不分国籍族群都发出美的赞叹

凝神拍摄者的专注和照片之美
照片已被人重用过多少次怎能计算

凝神游客的自在自由甚至放纵
自由甚至放纵才延续几年

凝神年长者的欢喜年轻人的笑颜
欢喜和笑颜合成的风景可曾中断

我在凝神中陶醉
此景可能只有上海产
多少人在重复中年轻不再
包括我坐在黄浦江边

江水流动无声
故事循环上演

2015 年 4 月 26 日

## 致黄浦江

不知你曾改道多少次
却知道每次都是劫难降临　如今
静如一本人人可阅的厚书
世间变换被记载详尽

外国列强横冲直撞锥刺你的心
江水逝去抹不掉痛苦的记忆如焚
你在日益变厚
曾经的耻辱化作奋起的动力积存

兵荒马乱国势衰微压迫你透不过气
江水逝去流不尽图强不能的怨恨

你在日益变厚
久久祈盼酝酿日出东方勃发一瞬

日出东方　煦光洒遍全身
每波涟漪每个分子都沸腾亢奋
你在日益变厚
国泰民安的记录溢出蕴含丰满的书本

应该感谢汗水筑就岸堤延伸
岸堤让你收敛散漫的祸害于民
应该感谢两岸楼厦崛起入云
崛起让激情希望充满你闪光的灵魂
应该感谢太阳五彩缤纷
太阳让你温暖地坚硬定向指针

江水一去不复回
世事变迁风雨路　你
一本永远续不完的书

2015 年 5 月 3 日

# 游西湖岳飞庙

从立在门口塑像的刚毅目光感觉你的威严
从无处不在的对联感觉你的分量
从踏进门口的人人庄重感觉你的影响
从烧香人的虔诚感觉你该是神

从断杀战场背后的暗算感觉你无法脱俗
从不让触摸的遗物感觉你多么值得珍惜
从《满江红》忧国忧民的抒怀感觉你的无奈
从“精忠报国”的刺字感觉母亲的伟大
从墓地周围站立者的毕恭毕敬感觉你的地位
从敌对者的赞评感觉你的智勇无双
从秦桧跪地感觉清醒者的后悔断肠
从泉井的故事
从那树那墙的古色古香
从长年不断的香雾缭绕
从古今官民一直的敬仰
我懂了为什么你的形象如青松
千古不变颂扬
两个多小时从庙里走一趟
穿越一段历史
心　无声血淌

2015 年 5 月 1 日

## 苏小小之墓

苏小小　苏小小
西湖边上土地之贵你可知
寸土寸金啊　你独占一席
与岳王庙武松墓并立
游人如织

前朝今世
文人骚客官僚商贾云游侠士
趋之若骛
赋诗填词　低吟浅唱
字里行间情思凝集

猜不出拜访者心意
你的墓抵御洪水顺逆朝代之风
静立一隅观时光流逝
是不是有人
视你为事例和载体
替女性争取平等权利
如果那样
也不枉我千里迢迢　至此
行注目之礼

2015 年 5 月 30 日

# 汨罗江

通过一个人的传说
知道了你的名字
你与所有中国人紧连在一起
因为那人在你怀抱里消逝

你为什么不托住他的躯体
送入岸边草屋之门
你为什么不用你的冰凉
激活那颗极度绝望的心
你为什么不竭力呐喊
引船搭救僵直的肉身

罢了　难为你这自然之神
你哪懂他一腔热血愿为谁激愤
假使你显示神威救他性命
可心已死
虚空的身痛苦会比渊深
由他去吧
一个民族一个国家　总得有人
紧要关头舍得肉体
唤醒散乱僵硬麻木的灵魂
他的忘我一跃　激起的浪花
不正敲击着波澜壮阔的当今
一种叫作粽子的食品
浓香飘溢大江南北
古老土地正圆崛起之梦
回复他那《天问》

2015 年 6 月 19 日

# 在布达拉宫前

——观“心连心”艺术团西藏自治区成立50周年慰问演出

布达拉宫前
竖起一根旗杆
五星红旗招展世界屋脊
50年的主心骨稳固雪域高原

操着藏语说吧唱吧
六十年前的黑暗天日岂能从心灵深处割断
保留过往沉重的记忆
对比今日美好的巨变

操着汉语说吧唱吧
50年来的同甘共苦写下同是一家人的诗篇
什么力量能撕裂彼此互爱相融
除非海枯石烂

尽情放展歌喉吧
送歌声直上云天
让全世界的人都听到六十年的心愿
用力舞动脚步吧
传欢乐雄风沁人心间
让所有人都理解西藏人的期盼

那鼓啊
请敲到音的最高端
鼓点再密再急再重
也表达不尽农奴翻身的心欢

拉萨离我很远
我却能抚触积雪皑皑的山巅
拉萨离我很近
我一直视为信手可触的神圣净坛
谁敢染指把你同母亲分离
我只有一具拼死的躯干

2015 年 9 月 8 日

## 一位归国者的劝告

### ——写在 2015 年国庆节

不要只拿好听好看的庆祝国庆节了
阵风式长此以往会使母亲受伤
难道忘记祖传规矩
给母亲过生日奉献的该是最贵重的礼物
不是物值多少钱而是真诚的内心外扬

扪心自问吧
是否自己年迈的父母得到了尽力赡养
是否占着岗位却三天打鱼两天晒网
是否实际付出对得起按时到手的工资

是否常端起碗吃肉放下筷子骂娘
是否把做好事的人当作耻笑对象
是否台上高谈阔论台下干事见不得人
是否凡事一叶障目不愿做出公正评判
是否习惯只说不做让人生发骗子的联想
是否与追腥逐臭者为伍或为其遮遮掩掩
是否遇到老人倒地不敢施以援手
是否对贫困者失学流浪于市熟视无睹麻木心肠
是否制售假冒伪劣却发出恨之不绝的呐喊伪装

是否把国家敌对者的傀儡或间谍充当
是否视法律道德为儿戏冲破底线常逞狂

是与否的回答各自有数　想一想
该如何向母亲汇报才能求得内心安详
母亲并不喜欢儿女过度健谈高唱
她懂得
无规矩不成方圆
实干兴邦

2015 年 10 月 1 日

## 在台儿庄抗战纪念馆

踏进门　仿佛
从酷夏和平安逸走进战争无情冰冷

日寇铁蹄碾压下的哀号
溃逃军人的责骂和抗争的枪声
祖国母亲躯体割裂的呻吟
战与和的争吵不停
燃烧的乡村噼啪作响
兵临城下的枪械相碰

城乡民众共同抗日的呐喊
汉奸伪军助纣为虐的谄媚
打到敌人后方去的号召
后退者死的长官训令

倭寇一路奔来的狂妄笑狞
鬼子最后通牒的恐吓回荡夜空
“来吧，小鬼子！”的愤怒回应
官民集结的号声和车轮滚动

主帅艰难时刻的凝眉思索
谋划布局的不眠夜灯
官兵与家人话别的眼睛红肿
一饮而尽摔碎的大碗
一去不回的以死求胜

交错的炮火呼啸升腾
被掀到半空散落的屋顶
怒吼机枪喷射的火焰
格斗的刺刀滴下鲜红

怒发冲冠的将军
冲在一线的将领
倒下的官兵如山
咬下敌人耳朵的牙齿坚硬

击穿军帽的火星
血染军衣上的弹洞
卷刃砍刀虎虎生风
纷飞血肉交互混在沸热土中

古城墙炸开又堵上的巨洞
护城河水被血染凝
鬼子血红的贼眼
骄狂脚步踏进死亡陷阱

“三个月灭亡中国”的狂梦破灭
中国人的思想力量炮声中聚拢
只要紧紧攥成一个拳头
小日本亡我之梦如风散苍穹

穿过时间隧道
一场战火洗礼
走出门心压磐石
善意　有时换不来友好
对待野兽和暴行
回敬　只有以野兽的方式

2015 年 7 月 23 日

# 深圳，你的声音

听　什么声音
噢　一位老人在南海划圈的声音
那声音打开一个时代新的窗口
从此　你的面貌全新

听　什么声音
噢　车流汇聚交织的声音
那声音由小变大直至日夜不停混响
见证你改变的脚步迅疾如神

听　什么声音
噢　是国歌奏唱的声音
那飘过口岸和长长隔离网的声音呀
和着对面奏起的国歌多么动听高亢

听　什么声音
噢　大海的声音
那声音穿越波涛巨浪高山平原
宣布一个创造历史的真实可见

2015 年 10 月 28 日于深圳

# 今日到达你家乡

今日　老天以稀疏雪花
欢迎我走进你的家乡
雪花落地声音很小又很大
很小　是怕惊扰变化带给我的惊喜
很大　是我听懂对你家乡的夸赞——
哪里落地　哪里就是家
家乡是最美的画

雪花以瞬间消失为家乡增添水分
尽管会有一部分浪迹天涯
却不会忘记曾经　何况
还有兄弟姐妹在原地催动根展叶发

小时候觉不出家乡美丽值得惊讶
长大才懂找到替代是长空淘沙
连雪花都不能找出相同两片
你一定为老家最美找出理由说服天下

上述　我踏入你家乡时的内心灵动
不知你在我的家乡心生怎样的浪花
但有一点我敢肯定相同　我们
爱小家也爱大家

2015 年 11 月 23 日于昌乐

# 问睡佛

雾霾　淘气的儿童
喜欢自由展现自己的聪明
钻过门缝窥视
不怕口罩遮住鼻孔

雾霾　善变的妖精
喜欢用魔力描画仙境
城里的一切虚实中变幻
谁能逃过恐怖的掌控

雾霾　怪物缝制的帽子
身高体重体积岂能算清
扣压城市上空
根源　多少人真懂

难道　雾霾
没有钻进你的鼻孔
没有飘落你的眼睛

回答沉静而冰冷：
我睡着
不知人间发生什么事情

既如此
你可喜欢信众膜拜
有人叩首至前额红肿

无声

噢　我忘了
你只是石头
石头雕成

2015 年 12 月 10 日晚登济南千佛山观睡佛后拟

# 你是他乡流浪的脸

他乡山美
美得你流连忘返
他乡水绿
绿得你醉卧林间
他乡天蓝
蓝得你心里发颤

他乡的饭好香
香得你吃过了还在垂涎
他乡的人好靓
靓得你常梦中相见
他乡的钱好赚
赚得你盆溢钵满

他乡实在是好啊　每次外出
都会有新的欣喜发现
只是　看见炊烟
为什么你会泪水噙满
抬头望有无雁群划过蔚蓝
难道你的心　依然紧拴
老家的炊烟老屋前的碾盘

他乡再好
你也是流浪的脸
他乡再好
也抵不过老家的声声呼唤
有什么能够替代啊
老家的山　水　人　天
嵌入骨髓的记忆
最值得留恋的梦幻

2016 年 2 月 18 日

## 寻找九仙

——写给山东省五莲县九仙山

在山中寻找九仙
查究山名根源
想直睹芳容
解除心头谜团

数过大小山头九十九座
看过草树九十九种
察过动物九十九类
蹚过山沟九十九条
拐过九十九道急弯
摸过九十九块裸岩
拂过九十九回山风清爽
和过九十九种鸟儿歌唱
对着远山吼出九十九声呐喊
面向苍茫问过九十九次　终于
答案回响耳边——
你已数出十个九十九
九已够多
每座山都是仙
每条河
每棵树
每块石
每阵风
每种鸟　都是仙啊
长生是仙的蕴含
自然原生态乃仙的本原
仙是生命　追求
弥漫在众人心间
久久长远
与山相伴

2016 年 5 月 8 日

# 重庆渣滓洞

一个洞
不因产煤闻名
壮烈豪情
国人铭记终生

一个小院浓绿掩映
刑具　诗　歌声
混合着热血与冰冷
嵌进墙壁岩石河水
至今　看听
灵魂震惊

一批壮士慷慨赴死留下千古英名
一批小丑出卖魂灵被历史耻辱柱锁定

真实的铁丝网监室岗亭
真实的照片诗歌日记
真实得让人如临其境
真实得让我心潮浪涌
我想大喊大恸
冲破悲壮得令人窒息的屋顶

观众是否与我感触相同　看
泪流后双眼通红　学生
眉头紧锁脸庞凝重

2016 年 5 月 12 日

## 想到平塘看星光

贵州平塘　天眼
正张开臂膀
无形粒子尽揽怀抱
等待　遇宇宙意中人
挽手合唱

神笔挥洒张扬
天眼天蓝地绿中荡漾
梦里我飞身翱翔
融入那天然壮观
舒爽黝黑皮肤下的心脏

最想满天璀璨星光
穿透混响弥漫的胸膛
伸展四肢悬于静谧旷野
醉得几日沁人心脾的安详

迎着风神浩荡
攀上山巅摘下几颗星星

小心地捧回家乡
赠给望眼欲穿者
留下一颗种在自己心上

何时天外客柔音通达
去那仙境对话吟诵诗行
盼星光给我回答：
你好，中国平塘！

2016 年 9 月 23 日

## 站在羲之祖居的街上

风　裹满墨香抚过脸庞
心　被传说填得满满当当
微笑里透露深深的向往

你的诗和字写得极好
在此最好不要过分张扬　谁敢说
大街上碰到毛头小伙
出手狂草
不胜过当代大家的喧嚷

不过也不要紧
羲之余韵已根植这方故土
写一手好字该最最平常
久远的传承是入血的浸润

权当一次学习
再开眼界　为后来
字诗再厚添古传的翅膀

2016 年 12 月 15 日
观青岛市城阳区秋窗《羲之祖居》微信照片后拟

## 沂蒙山与孩子

谁随手扬沙　数不清
多少山头绵延独美高大
冲苍穹高昂头颅
情感和希冀随岁月勃发

每个山头都是一个树冠
众山集聚像森林苍茫天涯
根　黑暗中深扎

沂蒙山的儿童
山上精灵　枝头参果
山路挡不住
把四季精华吸纳
希望硬如崮石　岂能
破碎在时光流逝和阵阵敲炸

山风山景山外繁华
沂蒙山的孩子在攀爬中长大
健壮的身躯如山坚挺
热情如火可把岩熔化
一批批走出大山
一些人选择留下
一切　都为了
希望丰满成熟　收获
山和林亘古不变的满意回答

2017 年 3 月 19 日

## 十月桂花香

阵阵芬芳吸引我疲惫的目光
一棵桂花树与我同立路旁
芳香穿透灯光迷离
暗夜中倾泻独有的向往

打伞　绵绵秋雨中偶遇
莫非五百年前约定　今日你我
同聚大别山深处　畅游绿海
终生难忘

花瓣已逝去光鲜
缕缕异香时弱时强　即将
步入耄耋之态　残花余韵
是否为我这千里外不速客散放

我从没奢望这自然的恩赐
分享夜中未掺杂使假的芳香
意外之喜啊　如同收获了
山里人热情如火　朴实坦荡
如山溪奏出无法模拟的脆响

大别山的桂花醺醉乡民脚步
一方水土把一方精神滋养
多少人识得什么是真正流芳

2017 年 10 月 2 日

# 车过淮河

路过的许多地名
都与你有关
多少村镇城市被你串联
独成世间奇观引人惊叹

伟人那句“一定要把淮河修好!”
一直萦绕脑际不散
曾有的灾难隐痛心间
红旗招展
汗水激起河中波澜
号子响彻云天
万众治淮
一首感天动地的诗篇

奔驰桥上左顾右盼
你安详着宁静的脸
船儿不动　稻黄安然
一条绿带裹起滚动的丰满
荡向天边

谁的巨手缚住纵情泛滥
岸边树粗壮着腰身
无声告诉我答案

2017 年 10 月 5 日车过安徽凤台淮河大桥

## 仰天山，世外桃源

——写给青州仰天山

我若是山中喜鹊就好了
可长年不用离开
这神仙也不愿离去的景观
整日与美轮美奂相伴
穿越春夏秋冬
享用纯正天然

我若是山顶崮石就好了
高高在上
触摸白云蓝天
俯瞰四周缤纷变幻

美丽每天注满双眼　寂寞无聊
岂能把忙碌的心侵占

我若是山底果树就好了
山风流云鸟鸣溪涧
老屋梯田耕牛炊烟
原生态孕育出原味果实
走过四季奉献甘甜

我若是山谷小溪就好了
一路轻快　峰回路转
抚过岩石青草树根
弹奏一曲曲清脆歌欢
即使化作冰的晶莹
也留纯洁于喧嚣尘间

世外桃源
世外桃源啊
仰天山

2018 年 5 月 20 日

# 大运河

站立河边极目远眺
顺水来的方向　寻听
来自隋朝的施工号角
来自唐宋摇橹随意的歌谣

那已泯灭在手机铃声
汽车疾驰而过的现代喧嚣

一艘又一艘货船
顺水　逆水
都已失去船工号子沉重
腰弯如弓　拉纤汗滴
早在历史画卷中定格
船形没有多少改变
动力变换出前行的轻松

河岸不再夯土筑就
古老传承加现代材料和智慧
龙王任性改道已成昨日之梦
一路坚硬坚固束缚
连起不同风情万般美景

站立河边极目远眺
远去时光　谁
曾如我家国情怀思潮涌动
未来时刻　谁
还会站在同一位置
吟诗抒发祝福的心声
有的　有的
不用丝毫怀疑
一条古老之河一条连心铁链
串起国泰民安祈愿不变

2018 年 5 月 29 日于无锡

# 青　苔

看　巨石下边
我的家园
多么壮观奇特
难道你不羡慕祈盼

看　这片浅海
我的家族在此繁衍
多么美丽舒适
你眼馋不眼馋

看　与巨轮相伴
遨游海洋
免费的旅行
谁不喜欢

不　我不羡慕不眼馋
更不喜欢　你那
不见天日的生活
似有什么亏心事　不敢
晾晒阳光下无愧苍天
苟且而活
有什么值得炫耀
高声呐喊

2018 年 8 月 6 日

# 站　台

每天　尽职尽责
目睹喜忧离合
已无多少新鲜奇特
诗意　随四季风流泄

融进人流
一步三回头　手
无法再紧握
你向南我向北
就此别过
三天意外相聚
欢快永留心窝　何时

再由此处话别　站台
面无表情：
高铁织成细密网格
再相见　算什么难事
值得眉头紧锁
现在哪有蜀道难
如有心相见
日行万里　真的
小菜一碟

2018 年 8 月 12 日

# 淤　泥

曾与水亲密无间
约定海边度过余年
经风吹浪打
看朝霞夕阳
放纵悠然　不料

水　这坏蛋
自私地入地升天
只能山沟停滞　众亲
结成一片肥田

整天听海观涛已成梦幻
山窝　也可听虫鸣鸟唤
自认天命安心落脚吧
山南海北
各有缤纷上演

祈愿入怀的第一粒种子
不是灰菜茅草的后代
而是麦种　成袋的麦种
长成金黄麦浪滚翻　引来
开镰呐喊在山中回荡
黝黑汗猛的笑脸

2018 年 8 月 28 日

# 过往友情涟漪暖意

三个字　赫然而立
宽大报纸头条
我不由自主地想起你
普通话和方言掺杂得蹩脚
幽默得全班哄堂大笑
揉不进沙子的正直
发怒时眼中的柔光
打牌至夜深不知疲倦
坐在课堂的专心致志
微笑时藏不住的虎牙
与女生对话脸红脖底
拿碗筷走进食堂的哼唱
篮球场上生龙活虎
陪我登山逛街时的畅谈
路见不平攥紧的拳头
毕业分别时泪水难抑

你还好吗　可知
我在远方
痴痴盯着一个名字
过往友情
涟漪着丝丝暖意
于秋雨洒落大地

三十年时光飞逝
一切似在眼前
再往下读
长篇大论
写的不是你

2018 年 8 月 31 日

# 枫叶红了

映红鸟儿全身
映红石壁山崖沧桑
小溪鲜艳新的笑脸
鱼儿发出变天的疑问

红得人心荡漾
红得令人接踵而来
大师禁不住挥毫泼墨
文人骚客迸涌华章

画师再高明也只是模仿
怎能画出红的思想
红　不得已而为之
谁不知
美丽过后
将落叶飞扬

即使红颜将尽
也要把美丽奉献世上
不求刻记历史　只为
个性自由奔放
四季轮回的赛场

2018 年 9 月 21 日

伍

# 醒心直言

# 农民的中秋节

农民　我说的是那些
面向黄土背朝天土里刨食的纯农民

中秋节放假与他们没有多少关联
如不是盼望外出打工的儿女回到乡关
但儿女来电话说春节才回家
路途太挤太远

中秋的月圆浪漫与他们没有多少关联
如不是看见电视里煽情的晚会表演
其实他们不乏浪漫的遐想
只是遐想泯失在疲惫的酣眠

村边疾驰而过的火车他们熟视无睹
家中的燕窝增丁添口他们认为那太自然
今晚的月亮再大再圆也只是遥远的冰冷
买瓶酒　割点肉　自己烙些月饼
就着清爽的风
几杯酒把脸烧红
劳累的身躯放倒在炕进入梦境
秋季的月光倾泻着些许愁容
明天还得早起

刨花生　摘苹果　赶集市　估价论争
不知能不能卖个好价钱
把干瘪的腰包填充

农民　我说的是那些
面向黄土背朝天土里刨食的纯农民

2014 年 9 月 8 日

## 43，800，35，78

43 岁时率民工为某单位建起办公用房
未结算的 800 元工钱成为欠账
35 年后的今天终于讨到
78 岁的他终于了却心事一桩

真诚感激
多如脸上皱纹深刻密布
致谢话语
似连珠炮从不断咳嗽的嘴里弹出
我知道感激和感谢是献给谁的
可总有一股酸涩心头涌堵：
35 年前 800 元约是一个职工一年的工资收入
如今　只能买到一件不太高档的衣服
35 年来无数次的讨要遇冷眼
让一个农民

在期盼与失望的循环中失去什么
是否类似当今讨要工钱的农民工祈语

真得感谢碰到的领导情真意切
忙碌中催办这桩小事
可小事不小啊　一个老农民
心灵得到慰藉

其实老人并不是很缺钱
儿女孝顺并各有出息
可为什么非得追讨这 800 元
是不是认定“诚信”
这一做人的死理

2015 年 2 月 13 日

# 包　袱

出生如常的人
学习成长没有预料结果的人
栉风沐雨经历艰难磨砺的人
走到舞台中间万众瞩目的人
擅长制甩包袱逗人发笑或扣人心弦的人

舞台上的包袱装载故事
故事让自身形象炫耀进而星光四射
四射的星光遮掩内心和痴迷者双眼

走下舞台　换上便衣
拿酒桌当舞台再上演甩包袱的拿手戏
真我暴露于天下
自鸣得意的包袱化作葡萄酒瓶与万众之心相撞
葡萄酒流洒如血
万众惊诧震怒于你的伪装

一个人被自己甩出的包袱击倒
何必怨拍摄发布者不义
嵌入膏肓的包袱终会爆炸
炸掉辉煌的虚拟　这个包袱

早些日子甩出更好
多少人还痴醉于快感
知人知面难知心啊
光环里吊死的人何止万千

2015 年 4 月 19 日

# 流浪的忠诚

奇形怪状五颜六色
城市的一道风光

三餐无忧者洁净却绳索套脖
到处流浪者脏污却自由奔放

逞恶斗狠已是陈年旧事
见面时习惯和蔼友善

主人的呼唤是蜜糖还是忧伤
外面的风景总惹你四处探访

乡野景美生活终究艰苦
你也跟风踏进城里楼房街巷

哪里是你的家你的向往
命运掌握于主人手上

即使你的忠诚厚比长空
可依然化作锅里的肉香

习惯人喧车响霓虹灯亮
在街巷拐角在树根处　抬腿
祖传总还记得
想在城里圈起自己的领地
真是脑袋进水般健忘
人　早把城争抢得支离破碎
你的一泡尿液又能怎样

2015 年 6 月 27 日

# 明星离你很远

——写给观赏周杰伦济南演唱会的女儿鞠冬煦

35 度高温预报没能阻挡你脚步匆匆
“火炉”的称谓没能消弭你的热情
济南　火热的济南
以火热天气火热明星莅临氛围包裹了你——
这从四百公里外的青岛赶来的年轻女性
明星齐聚　煽情似火　天籁歌声
沉醉痴情　欢声雷动　掌声如潮
霓虹遮蔽夜空明亮的群星
一场演唱会　花费四百多元的演唱会
帷幕落在汗水浸透的迷醉的欢呼声中
选出最合适的词句评价这场盛会
如同在粮仓里挑选最优的麦种
一时我感觉犯难
该用什么词句来形容
当次日早起再次看到微信中的演出图景
清晨凉风激我突生这句话——明星离你很远
不知你是否认同
现场看到的只是台上光亮
甜美歌喉传递的有时是无法摆在阳光下的心声
实情　透过望远镜也难看清

以往若干明星光环背后的故事
曾经打碎多少粉丝痴迷美梦

让昨晚的欢乐化作阵风飘远吧
人生需添些佐料才显得丰盈
自己的路在自己脚下
何不踏出足迹深深
无愧内心无愧自己的聪慧
自己当好自己心目中的明星

2015 年 6 月 8 日

## 猜 谜

让年近半百的同事猜：
日本投降前有多少个鬼子
驻扎老家镇上炮楼
管辖 200 多平方公里土地

没人猜中
有人为我抛出这样的谜
露出不屑的神气

又三次抛出此谜
假日里的大学生
下班后的企业工人

酒桌上遇见的陌生者
无人猜得谜底

第五次
只有一位村干部
40 岁左右
凝眉静思
吐出一股股浓烟
用低沉的语气：
一个吧

我吃惊
这么多人
只有他猜中

那个谜是奶奶最先让我猜的
当时我猜
5 个
奶奶说我不懂事

为什么如此　谁
给我可信的系统解释

2015 年 7 月 15 日

# 相 通

——评某些名人

臭味相投　距离
算什么问题
千万里亦相知
蒙起双眼
相偎相依

盗取名利于包裹的光环　德与法
芸芸众生的念记
关俺们啥事

表演与做人　理想与现实
岂能混作一团
名人也是常人
追名逐利　欲望
怎会遮蔽

互用互利
哪顾恶果祸害万民
管它后来
洪水滔滔风生浪起

2015 年 7 月 21 日

# 孤独遐思

孤独是习惯了前呼后拥呼风唤雨
突然一天接不到几个电话
孤独是正直守法官僚的亲友
发出“无情无能”的指责逐渐远离

孤独是农民工在日渐增高的楼厦
默读家书拟写思念的诗
孤独是离开校门远离家人的单打独斗
孤独是年迈父母瞅着墙上挂历
计算着儿女的归期
孤独是繁华街市坐在路边
看人车如织的老人目光呆滞
孤独是街灯下
打牌老人的私语和夜深不散
孤独是儿童站在路边数公共汽车开过
却久久不见外出打工的爸妈影子
孤独是无人添土烧香的坟墓旁
石碑上无人再读的字

孤独是高考状元
立在分数群峰尖顶的傲视

孤独是诗人冥思苦想佳境中的忘我
孤独是小说家科学家灯光的彻夜不熄
孤独是奋斗者失败后
借酒浇愁面对星空站立

孤独是广袤沙漠中最后一片绿最小的水湾
孤独是荒野里寻找幼子的独狼的呼唤

孤独是月亮期盼阳光诗意人间的焦急怀想
孤独是地球宇宙有无兄弟探求过程的渴望

孤独是悲剧是喜剧
孤独是历练是赌注
每个人
生灵的唯一

2015 年 7 月 22 日

## 面对野兽来袭

不能仅怨恨日本鬼子
践踏祖国大好河山
苍蝇不叮无缝的蛋
野兽　天性使然

野兽已窥探好多年
庞然大物却浑然无感

亢奋内脏四分五裂
何来力气抵挡野兽猛咬狠撕
蓄谋脖子咬断

如果内因外因辩证可信
庞然大物是否该早日睁开惺忪睡眼
修复内脏　强健体魄
攥紧铁拳
击碎野兽的脊骨
尽啖其肉　斩草除根
还自身为大该有的尊严　而今

弱肉强食　自然法则并未改变
面对群狼和幕后暗影暗箭
抱怨软弱只能换来狰狞的可怜
正在崛起的大物　是不是该
苦练内功　精握绝技
举起同一面旗帜
发出一致的呐喊
给再来的野兽以无情猛击
换来日无忧平安

2015 年 7 月 28 日

# 名 片

整理杂物
一堆名片摆在面前
一摸　尘土沾满指尖
抽出少量细看
有的经常见面却如云雾遮掩
有的不时手机联系似远在天边
有的只是模糊的幻影
有的已记不起容颜
有的依然在职干得风风火火
有的已经升迁话多不如从前
有的头衔读完费时费力却如常平凡
一堆名片一个小世界
我禁不住感叹

头衔　不论大小多少
于我都是一阵速来速去的风团
细心分辨
可交的就倾心深交
不可交的
就如一阵春日小雨瞬间风干

可惜制作名片的树和秸秆
写在纸上送人的　有时
如岩石风化成数不清的碎片
让人久长记忆只是梦幻

2015 年 8 月 5 日

# 认识鲁迅

记不清第一次朗诵你的哪个作品在何时
只感觉心似千针穿刺
被剥成裸体佝偻阳光下
痛得淋漓　多么有意思

从那时起就与你相识相伴　至今
读过的篇章多少已无法算计
横眉冷对千夫指俯首甘为孺子牛啊
你融入文字的沉思润透多少人心底

实话实说实写
世间众相在你的文章刻下影子
七十多年的时光洗不掉那些真实
有人对号入座不得不说那是真的自己

笔做武器
锋利地刺穿伪装后的悲喜

众多的爱与恨缠你交织如网
最后　你还是清醒地大写了你

一片肥沃的土地如失去水分只能荒芜
一个民族只能是枯朽落叶如没有脊骨
鲁迅的匕首刺中谁的命门
流逝的岁月淘洗不掉痛彻心头的记录

2015 年 10 月 19 日为纪念鲁迅先生逝世 79 周年拟

# 泄　密

说自己古板僵化的人　整日
哼唱最新的流行歌曲

说自己酒量很小的人　第一口酒
笑眯眯地下肚　眉头丝毫不皱

说自己遵纪守法的人　面对红灯
总控制不住双脚抢先移动

说自己孝心至上的人　佝偻的老娘
拄着拐杖立在大路寒风中孤寂空等

说自己诚实守信的人　还钱的承诺
撒飘在寒风

伪装
是化妆后的美女
鱼尾纹
岂能瞒住

2015 年 11 月 28 日

# 奉　承

武大郎啊　你真酷
酷得赛过唐伯虎

东施啊　你真美
天仙见你都愧羞

你这官啊　当得好
百姓没有一个在说孬

你家的那条狗啊　真精
比人还聪明

你的为人啊　没的说
人人都竖大拇指

你的歌啊　绝了
哪个名家能超过你

你的墨宝啊　独成一家
唐寅岂能与你比

你的文章啊　天下一绝
鲁迅的稿子是小儿科

只有气死的人
少见乐死者
气死人的人有时要担责
谁见乐死人的人法庭相搏
奉承吧
只要能给人带去欢乐
挖空心思地奉承吧
管什么法治与道德
张口就来　妙语连珠　好话滔滔
舌头伸得长过黄河
缠死人无知觉
奉承的唾沫淹死人
活该
我有什么过错

2016 年 2 月 20 日

# 榆　树

生活如芝麻开花
榆树却越来越少
小时候村中遍布的榆树啊
让我何处寻找

莫非人已忘掉
天灾人祸的饥荒岁月
替代粮食
被奉为活命的至宝

如今　为何难以找到
是不是卸磨杀驴的典故重演
被连根拔起
不得已归隐老林深山

如真是那样　请不要
记恨砍伐你的人
榆木脑袋
不只存于你的基因

2016 年 4 月 3 日观同学郭秀平榆钱照片后拟

# 星 说

你们人类　宇宙的精灵
目光正把时空奥妙透穿　我们
珍惜每一次与人同舞苍穹
那令我们欣喜　只是
有些事不得不直言

谁不愿看见星光灿烂
那可能是星球最后的一闪
毁灭残酷无情　你们人类
是不是有时也如此这般

谁能猜出无光之处是什么
千万不要认为空无一片
赌注正在悄然博弈
结果　不一定是期待的必然
你们　经过黑暗的人类啊
改变　是不是如风
无奈无形无限

面对满天璀璨　谁
不想天马行空
写下自由的诗篇
无形之手制约天际泛滥

不知你们有没有发现
相对自由是幸运幸福的根源
宇宙　也有颠覆不了的羁绊

2016 年 5 月 28 日

## 高　考

——致高考学子

如果你用汗水结晶的砖
敲那道门
它一定会开
至少会开一条缝
让你看见
那边的风景

如果连条缝也没开
那也不必梦断
你已收获丰富的淬炼
往两边看
风景各有特点

谁能说准
谁笑在哪座山巅
天道酬勤
亘古不变

2016 年 6 月 6 日

# 七岁女儿与银河对话

爸爸说
他小时候的银河真像一条河
光亮　闪烁　甩着好看的尾巴
还有牛郎织女的传说
现在我为什么看不见呢

孩子　那可能是因为夏秋水汽太多
星星的闪光无法透过

那冬天春天
为什么也找不到呢

孩子　那可能是霾在作乱
挡住星光去路
不能怨我

为什么不把霾消灭
在哪里能看到星星眨眼的银河

孩子　那是大人该干的活儿
等你长大就会明白
人类做了什么
为什么找不到我

你哪里也不用去
学到孙悟空的本领
把霾妖收回潘多拉盒
银河奇景就会如触头顶
你可摘一颗最亮的星献给爸妈
一定笑得嘴巴无法合拢

2016 年 7 月 17 日

# 兽心人皮

## ——写给让父亲住在猪圈的一位女人

父亲　你的亲生父亲
被你抬放到猪圈
猪圈该是他自己盖起
难道早有预知　将来
会在那里任生命凋敝

不能移动的躯体
不能及时供应的一日三餐
不能驱尽的蚊叮蝇扰
吃一顿肉成为最大满足和惊喜

你住着二层楼房
透着农民的朴实
用不完的房间即使空置
也没有容下老人的几个平方

多亏九岁的女儿懂事
为爷爷送去水食
一根吸管放在爷爷嘴里
你送饭却不带勺子筷子

好心人捐赠的二百元被藏进兜里
老人吃顿肉的愿望随你如簧之舌飘逝
面对摄像机和好心人的劝告与救助
你心如磐石　一点不脸红地宣称
让父亲住进猪圈是尽力的孝意

猛兽披着人皮也不过如此
邻人和干部难道没有探知
如果不是被好心人发现
老人摆脱饥困会在何日

用法律之剑与你的兽心搏击吧
用媒体公示剥去你的人皮
裁你在猪圈住满一年
跪在父亲脚下痛泣

但愿你的女儿保持童真善心
老时　你不会步父亲后尘

2016 年 7 月 17 日

# 青州有群明白人

## ——写给青州古街老槐树

建筑红线
画得远一些再远一些
为你留出远眺的空间
一览众山小

周围老屋
保留多一些尽可能多一些
与你为伴
岁月流逝中不会孤单

古城蕴含
古一些再古一些
哪怕一块路石一块砖
与你一起存储记忆
展示民族的区域基因
引世人前来寻找惊叹

科技让仿制活灵活现
轻佻肤浅逃不过专家慧眼
你挺立此地历经沧桑还要百年千年

幸亏青州有群明白人　内心
时刻庄严升腾文化不熄的火焰

2016 年 7 月 30 日早读刘元民兄《古街的老槐树》随感

# 想看看牛郎织女的眼

——写在七夕

每年　我都嫌这个日子
如蜗牛来得太慢太慢
替牛郎织女青春耗在路途悲叹
想把鹊桥的引桥缩短再缩短
鹊桥放大再放大　清晰在眼前
只为看看牛郎织女对视的眼
是否如以往喷射火焰
我担心人间烟火伸得过猛过长
有情人经不住世俗名利纠缠
任时间如洪
削去情思的峰巅
枉费我从小就嵌在心底
至今未变的祈愿

2016 年 8 月 5 日

# 不要觉得与己无关

## ——为纪念抗战胜利七十一周年而作

8 月 15 日是什么日子
有人一脸茫然
有人笑谈事不关己
岁月滤掉疼痛
麻木渐渐吞噬躯体

三千多万亡灵
正等待今日的告慰
亡灵的心依然在滴血
生者却忘记发声

难道痛苦已经远去
不　七十一年在历史长河如弹指阵风
难道魔鬼已消逝踪影
不　妖孽正在不远处咬牙切齿
磨刀霍霍全球震动

睁开眼吧
鬼怪改变不了吃人的本性
抬头看吧
远方妖气渐浓妖风渐猛

同胞们啊　醒醒　快醒醒
千万别让名利冲淡惨痛的曾经
忘记历史的民族就如水中浮萍
享有尊严只是幻梦
悲剧瞬间会再次砸落头顶
看看吧　仔细检视一番
是否练就斩妖除魔的利剑
是否把打蛇七寸的同心聚凝
时刻紧握剑柄
时刻创造发明
时刻众志成城　才能
夷灭魔鬼杀戮的狰狞

2016 年 8 月 16 日

## 不要羡慕

——致文友

两张小桌
一张在酒店
一张在乡野
品茗小酌　悠然如仙
多少人羡慕的目光如火

酒店的小桌来自何方
是不是用漂洗的钱换得

乡野的小桌如何打造
是否靠不劳敛财制作
你怎能艳羡这样的生活
我心中你不是如此风格

向往美好无可指责
美好的背后是否应细致思索　有时
表面光鲜会遮住幕后黑色漩涡

不要笑我清高不食人间烟火
我的思想如中秋蓝天清澈
你的叹羡里似有心变隐含
但愿不会带给我心痛的隔阂
多年相知化作枯干花朵

2016 年 8 月 27 日

## 名　人

头像和简历
完美清晰地印在手提袋上
装进自己的杰作
让人带进家门工厂学校工地

有人盛装衣服文件
有人装满果蔬猪肉海鲜
有人装送垃圾

你的人头
我提着赶集上店

某日　风急雨大
见你被踩在脚底
愁怨的脸面皱巴巴
翻滚着流入长河　你
感到痛了吗

2016 年 10 月 16 日

## 三沙，你是我的

从我住的县城到三沙有多远
远得须坐高铁乘飞机辗转颠簸几天
短得伸手就能触摸地图如愿
不论远近　三沙
你都是我的宝贝心肝

不仅是因沙滩美得独一无二
不仅是因海水醉人的蓝
不仅是因海底奇观
不仅是因鸟儿自由翱翔蓝天
不仅是因神秘的遥远
更是因为你是我的祖传
祖传的文字
祖传的记载

祖传的航线
祖传的界碑
还有那些远播国外的祖传
祖传嵌进我的血脉
割断　丢弃
那是性命自行了断　何颜
面对祖宗流淌的血汗
面对后人怨恨的双眼
谁有此胆?!

是啊
谁愿丢呢
怎能丢呢
怎敢丢呢
国破山河碎的时刻没丢
国泰民安之时　谁会
让你蒙羞

三沙　你是我的
去年没去
今年没去　却一直
紧吸我的心我的目光
明年会去　一定会去
等着我扑进你的怀抱
畅吟浸透泪水的诗篇
伴随紧握的铁拳
击碎窃贼暗中的鬼脸

2016 年 11 月 29 日

# 晨读遐想

普希金正在朗诵
《假如生活欺骗了你》
泰戈尔踱着方步娓娓道来
《我爱你,我的爱人》
《穿着裤子的云》对马雅科夫斯基说
裤子破　狂风撕出大洞
艾吕雅的《自由》像极了难产的婴儿
先进医疗技术已让惠特曼的《船长》重生
歌德　时下《野蔷薇》《相逢与别离》已如白开水面无表情
叶芝　《当你老了》有无医疗保障解忧
席勒　你《理想》着《憧憬》的《欢乐颂》是否遇上了雾霾的烦恼
拜伦　《去国行》因高铁飞机密布已不再难如果你丢掉内心沉重
庞德　《一个地铁车站》的《舞姿》揭开了艾略特《窗前晨景》的序曲
别急躁　但丁兄
《谁能从女人群中见到我的女郎》
阿拉贡建议去看一看
《艾尔莎的眼睛》

徐志摩《再别康桥》时
偶然知道《风是在哪一个方向吹》多么激动
闻一多点燃《红烛》
激励郭小川引导青年公民《向困难进军》《投入火热的战斗》

冰心放任《繁星》下《春水》里的《纸船》驶进戴望舒的《雨巷》
《我爱这土地》的艾青浓重着余光中的《乡愁》
《天的街市》中郭沫若挥毫泼墨却面露忧容
《有的人》告诉臧克家有类人半死不活
现代情侣不理解董培伦《沉默的约会》透穿真诚
舒婷所《致橡树》已被参天楼厦取代
流沙河 《就是那一只蟋蟀》
依然在做着跳出佛掌的美梦

晨曦初上 灯光下
我与诗人对话
享用喧嚣尘世里的一份独特安宁
心灵相通的歌泉潺潺于山间绿地
世界 辽阔在我的抚触之中
让名利争夺小人烦扰见鬼去吧
我与大师坦诚而谈 淬炼
快乐而殷实的淡定

2016 年 12 月 24 日

## 绕过村庄的小河

自古以曲为美
谁改变你自由的选择
变成一条窄窄的小巷
几座小桥紧裹
让我如何哼出柔美之歌

用“穿”替代“绕”刻画更为形象
可惜少了美透射心窝

去了哪里
柳林白杨的仪态万方
鱼虾潜底的无拘无束
鸟儿蜜蜂和蝉的歌唱
清澈如镜的水流潺潺
洪水倾泻的个性张扬
为什么　只剩
单调的堤坝
重复的庄稼
把你捆绑

该怎样评价你呀　谁懂
我苦笑中的怀想
梦中　梦中啊
绕过村庄的小河
小河曾经绕过的村庄

2017 年 3 月 8 日

# 谁绑架了你

——致茂腔《失却的银婚》中的主人公薛桂春

青春激昂的日子
意气风发拼搏实干百姓齐赞

双鬓斑白时
跨进牢门妻离子散泪涌如泉
类似幕幕　自古至今信手可拈
你又参演

满腹学问　志向高远
曾高扬勤政为民的风帆
却也催生心态异变坚硬如岩
百姓希冀被挤干
承诺　融化如雪
贪欲　扭曲嘴脸
五官端正变换狰狞满面

是什么绑架了你
是权吗　没有权
岂能有你断绝地气的飘飘然
是钱吗　不是钱
还有什么能变调你纯朴的心弦
是色吗　色如魔
你只有随魔起舞如鼠苟安
权钱色三角纠缠如梦如幻
这无形深渊淹没多少人杰
你又一头深沉在里边

泪水流干有什么用
牢笼容得下泪滴亿万
谁绑架了你呢
扪心自问吧　何为
苍天在上
在上的苍天

银婚　蜡烛不会为你点燃
因你　不敢走进村里乡间
自己绑架自己　你
冲向云端　忘记
敬畏大地雷霆闪电

2017 年 3 月 12 日

## 家乡的老牛

也曾远离母亲担忧的眼睛
面对苍穹哞哞几声　再转身
撒娇地与母亲相拥

忘不了缰绳穿过鼻隔的疼痛
从那天起　自由梦深葬南山岭
从家到那几片田地
风里来雨里去奔波抗争
枷锁磨起厚茧　乡土情与日俱增
收获翠绿或干枯的草叶　反刍
在劳作间隙和雨雪威猛短空儿

机械正剥夺你劳动的权利
市场竞争　催田地变换面容
历史舞台离你越来越远
你是否觉察到了敲响的暮钟

一日　第一次踏上车辆远行
昏黄的眼透出惊喜　是否料到
温柔的死亡在远方静等

谁吃了你的肉
谁把一摞钞票揣进怀中

2017 年 3 月 14 日

# 孔子向我们走来

两千五百多年了
一直在路上

像无尽的风
翻过崇山峻岭
穿越平静或凄乱时光
扫过我想象中祖祖辈辈的面庞
祖先们束起一致的心向

像阳光
避过云雨一时之狂
撒落大地
融化心的冰凉

像星火
有人枉费心机欲扑灭

却不料
点燃死灰的希望
写下春秋华章

像双刃剑
挥舞不好会深深自伤
哲思　该如不断的长江

2017 年 3 月 24 日

## 悄悄闭上你的眼

一位老人倒在路边　求救眼神
扫过周围　表情各异
你悄悄闭上双眼
转身走向喧嚣尘世
如何心安　面对
哀怨的目光纠缠

一只贫穷的小手
发出呐喊　你听得清晰
却悄悄闭上双眼
是咬牙躲开瞬间心颤
还是咀嚼酒桌浪费的痛感

一双黑手猖狂似在法外
你看见不远处手铐光寒

却悄悄闭上双眼
是思考事不关己同流合污
还是在做斩掉黑手的决断

悄悄闭上你的眼
挡不住噩梦惊出冷汗
该睁开还是睁开为好
别忘记人之为人的本原

2017 年 4 月 4 日

## 牡　丹

有人丑得世间少见
却喜欢钻进花丛
流连忘返　拍照留念
莫非想沾些牡丹灵气
美化一下容颜

有人彪悍
言语粗鲁匪气
打骂老人是家常便饭
不孝之名传得很远
却喜欢与牡丹相拥吮吸花香
借群芳映衬笑脸
牡丹　是否感到耻辱扑面

有人祸心深藏
却练就一副憨笑可掬
当站在面前　牡丹
是否欲关闭开放的花瓣
羞于与奸佞一族
为伍瞬间

牡丹　仪态万方的牡丹
美　不时被丑陋污染
怎样才能远离虚情假意
不再活得很累很烦

2017 年 4 月 12 日

## 爱之叹

——致同学袁增海

绝不怀疑
斑鸠夫妻慧眼
选中你家
院子里的一棵树
做窝生蛋　直到儿女
自由翱翔蓝天

得佩服
斑鸠夫妻心细大胆　窝

不安在树梢
人触手可及　信赖
来自多少日精挑细选

真心替同学高兴
如没有真诚之爱流淌久远
鸟儿也不会光临　即使
家
富丽堂皇
厚厚的金块装扮

那棵树那个窝一定好好保留
传发照片给尽可能多的人观看
一次心灵之旅
触动多少人心中灰暗

2017 年 5 月 6 日观同学袁增海家中
有斑鸠出生飞翔全程照片后拟

## 孤舟蓑笠翁

你这跨越千年的老翁
起身离开那片孤舟吧
远方精彩无限
何必囿于小天地　难道
不想欣赏山那边
飞流直下三千尺的奇观

你这披蓑戴笠的老翁
蓑衣和斗笠已青苔布满
何不抛向云天
换一身时尚　搭一个凉亭
烹小菜数盘　任一壶老酒
熏红疲乏的脸
如东坡夫子醉酒诗篇

你这只钓寒江雪的老翁
何必死心眼
如今万物皆可为商品
你有何本事钓雪换钱
莫非抛撒姜子牙的直钩
钓得日出西山

2017 年 5 月 24 日

## 麦熟之歌

吸纳严冬风寒
享用春日暖阳
大地　不再因我们而绿
金黄　现在的模样

芒如针硬朗
可刺穿肌肤
挺向长天
贪食鸟儿不得不避让

粒已丰满
几乎涨破包裹的皮囊
一年精华
秸秆上摇荡

不愿变为鸟儿的美食
更不愿倒在雨的猖狂
谁播种谁收获吧
收获者汗水流淌　笑脸张扬
我们唯一的期望

2017 年 5 月 24 日

## 给　你

幸运啊
你从出生之日起
就衣食无忧
时常坐在豪车里　爸妈
精明实干
时刻捧你在手心
笑得双眼眯起

爷爷奶奶姥姥姥爷
最后的最大牵挂是你

老师　用知识浇灌
你思想的贫瘠

大学
开阔你的视野
坚硬你的羽翼

高举超群学历一路过关斩将
心仪岗位得心应手呼风唤雨
多少人羡慕妒嫉

一场审判
你在判决书上签字
“贪”字从此与你不离不弃
大好年华付诸牢笼
结局　谁给你

2017 年 5 月 29 日

## 沙场点兵

——观建军 90 周年阅兵式有感

没站在军人中间
但跟随一起呐喊
我立电视机前

没与军人肩并肩
健步踏出大地震颤
心跳　却与之一样
激荡着火焰

没触摸过
机枪高炮导弹飞机
心中依旧无比安然
军人忠诚如钢专业精湛
我有什么理由
不蔑视来敌犯边

没在训练场上流汗
却感同身受
迷彩衣衫湿透
成盐　晶光闪闪

一万多顶军帽下目光刚毅
令我心潮滚翻
如自己
身处滚滚钢铁洪流多好
不枉在祖国大地走动一场
留下足印不论深浅
当后人询问
不致内愧红脸

面对双鬓渐如霜缠
做个爱国守法知礼的公民
是非定力如定海神针
不给祖国添乱
当母亲一声呼唤
毫不犹豫全力以赴
不求留下什么声名记传——

算芸芸众生中　我
一名遗憾未投入军营者
观赏沙场点兵的誓言

2017 年 7 月 31 日

## 莲花，何必在乎过客多情善感

别开得那么娇艳　好不好
令人不由多看了几眼
浮想联翩　有的联想
真的无法太阳下晾晒一番

别开得那样奔放无忧　好不好
我禁不住内心抖颤
这等美景挺拔淤泥之上
多少美好时光任你消遣

别开得如同艺术珍品　好不好
我怕鸟儿打碎你的安然
怕微尘将你沾染　失却
嵌入深处的心灵祈愿

不　不要顾及我的感受
你尽可尽情绽放笑脸
原本这样天生　何必
在乎过客多情善感

2017 年 8 月 15 日

# 莲花，年年绽放不为讨人忧喜

别问我　哪一朵更好看
莲花模样万万千
各有味道
看你如何评判

评论优也罢劣也罢
莲花各自为花
自然之态各展千秋
何必非得分出谁是奇葩

任人夸奖着感叹
任人挑剔着抒发
宠辱难惊颗颗淡然的心
世上已有精彩留下

年年绽放不为讨人忧喜
根的嘱托令茎叶坚韧不拔
栉风沐雨视若等闲
何况人语多为表面评价
哪值得费心思考反驳
制造新的无聊喧哗

2017 年 8 月 19 日

# 如果你真的爱祖国

如果你真的爱祖国
不妨大声呐喊　面对苍茫山河
或在微信群里表达心意
只要言行一致
经得起良心折磨

如果你真的爱祖国
就该体谅母亲艰难的劳作
子女众多　思想活跃
人人都是心头之肉
丢弃　岂能舍得
除非作恶如地头蛇
母亲身心疲惫失望至极
不得以选择

如果你真的爱祖国
就不该变成针
把母亲刺戳
私欲本就见不得阳光
深深伤害母亲日渐健硕的体魄

如果你真的爱祖国
难道不应挺起腰脊头颅
甩开膀子把一片天地开拓
诚实劳动换来母亲富足
为了母亲微笑何惧舍命拼搏
人之为人的证据何在
敢扪心自问　你
为母亲奉献几何

少一些苟活
少一些难填欲壑吧
多多思索　怎样
面对母亲如炬的眼光
不至悔恨泪水浸透心窝

母亲　只有一位
娘　只有一个

2017 年 10 月 1 日

# 放你在风里

放你在春风
看是否被煦暖迷醉身子
片刻享受和舒适
止住你大步踏向远方　预期
断送于春姑娘柔媚的手指

放你在夏风
看是否畏惧风热撞击
庄稼　不经风热考验
岂能茁壮身材膨胀果实
理想　不经大汗浸润
怎会坚实根基

放你在秋风
看是否懂秋风含义
秋高气爽之日
一年的收获晾一晾
是惊喜还是遗憾的叹息

放你在寒风
看如何对待冰天雪地
有人愿在无人走过的雪野
踩出一溜足迹伸向未知
你可喜欢
踏上第一只脚
给后来人留下沉思

放你在流行风　是否
会跟风到自我迷失
装满知识的脑袋晕头转向
碰壁　一再碰壁
鼻青脸肿
任时光无聊流逝

请原谅我放你在风里
放　一场场考试
我在鉴别寻找知己

2017 年 11 月 1 日

## 点　赞

告诉你吧　有时
点赞只是一时冲动
那些画作优劣确实不懂
随意一点　只是
不想让久发微信的作者
因无人称赞失却创作激情

告诉你吧　有时
点赞纯粹为了应景
当有同行毫无羞涩地请求
甚至命令的语气　有什么理由
不借举手之劳顺水推舟
说不定　粗粗浏览一遍
会有小小惊喜兴奋疲惫的心情

告诉你吧　有时
点赞仅仅为取乐　当有人
粗制滥造公之于众
点赞包含讽刺鄙视　当事者

能否体会真正蕴含如雷贯耳
惊醒不知天高地厚的幻梦

告诉你吧　我的点赞
还真出于真诚秉性
当评论典故转载与我共鸣
哪怕与史记传说如同水火
也会毫不犹豫地点动手指
不畏时风强劲
不论熟悉还是陌生人的杰作
驱走孤单于喧嚣尘世
天南海北自有心灵相通

2018 年 1 月 16 日

## 呼延灼

以皇家名义
挺一腔热血和功名祈盼
杀进水泊梁山
双鞭加上连环马终敌不过
钩镰枪和计谋深渊
路　从此改变
双鞭转向　击碎
豪杰志向高远

多少人如你
步入落草为寇的无可奈何
智勇之身化作利器　不由自主
杀出全身血溅
杀了谁
为谁而战　双鞭
舞出乱向痛心的呐喊

理想很近又很远
缥渺山水苍茫间

好在施老夫子心善
笔头陡转
你战死于抵御外族入侵
留下一缕淡淡青烟
无尽心思呼沿着火焰
灼痛后来者双眼

2018 年 3 月 10 日

## 李　逵

一双板斧　得心应手
砍碎过多少人的脑袋
眨没眨过眼
面对夜深星密
可曾回顾

先砍下去再说
一斧毙命
看我忠勇威猛

其他人的言语都是狗屁
宋哥哥的话才是圣旨
不论何时何地

谁中止黑旋风威力
理由何其简单率直
那厮自己杀死自己
懵懂无知的忠勇　难道不是
慢慢中毒急性发作的毒剂

2018 年 3 月 12 日

## 鲁智深

倒拔垂杨柳
面对泼皮　显示的
绝不仅仅是气力

吃肉喝酒
佛寺时有时无
哪管什么清规戒律

野猪林禅杖怒吼
林冲身全泪滴
多少好汉比你更有心计

坐化而去
灵魂免受耻辱
肉身何处安放
何曾在乎

大大的佛珠挂在胸前
没有压弯你的腰脊
身在佛门
却有自己的脑子

2018 年 3 月 14 日

# 王婆

贪婪梦　总难已
在松树皮般的皱纹中埋葬
凭如簧之舌　撮合
一对野鸳鸯
掀起水泊梁山风浪

几两银子　勾出
深藏的胆
矮小羸弱的身影

与一部历史演义紧密相关
倒霉的方腊
诅咒默念千遍

几十年修炼未得正果
案前有神明
头顶是苍天
该送你一匹木马
骑穿阳谷大街小巷
众人不断地细细端详

2018 年 3 月 14 日

## 马背上的女人

街道空寂　门窗紧闭
披着大红毯的马背
羞涩透射的马眼
长发没有遮住美丽的娇躯
大街上达达上演交换的一幕
伯爵以征战名义
换取民众赋税增加
女人裸体上街
换得伯爵一句减税的允许
民众以关门闭窗
换得对女人的尊重　还有
良心不受煎熬凌辱

伯爵为国征税有其理由
马背上女人心善令人佩服
更佩服民众共同拒绝欣赏
一道无奈的风景
理解尊重嵌在灵魂深处　突然

记起鲁迅笔下人血馒头
不由望了望窗外夜幕
春风刺痛我的肌肤

2018 年 4 月 19 日

# 足球赛

最后　总得有个结果

输赢与我有什么关系
我只爱在《朝闻天下》
看进球瞬间扣人心弦
谁拿冠军　不会
获得我丁点儿称赞

不要笑我古董
踢球已变成谋生手段
何必泪水涟涟自作多情
为不相关者摇旗呐喊

熬夜失眠　甚至

大动肝火施以怒拳

一场游戏而已

人类总喜欢站队

一碗水不会平端　好战

不仅表现在

毫无怜悯地发射炮弹

2018 年 7 月 15 日

## 放心与自问

历史长河　八月一日

该是浪尖一个

第一声枪响

穿透旧秩序的昏沉

引领时代改向

直到世界东方屹立起

新的共和国

今天　太阳

依然能把皮肤晒裂

国人依旧安稳中生活

只不过　多些回忆和思考

与其他日子有别

颂扬的视频　庄严生动
占据微信大半
点赞的心　心心相印
串起同向的理解和祝贺
这个日子平凡而又伟大
感恩感动和责任担当如火
再次燃腾在心的荒漠

回头看看来路
战时　冲锋陷阵呐喊如洪
踏着倒下者的遗愿
血汗中挺起丰碑座座
和平时期灾难时刻
挺身而出　汗水湿透军服
危难之处把希望大写
军民情用鱼水形容　岂能
全面真正准确概括
一支铸实灵魂的军队
向世界证明什么

抗美援朝凯旋
消弭国人忧虑多多
两弹一星研制成功　爱国者
放下久悬的心窝
航母战机导弹加速更新换代
保家卫国　硬实的脊梁
挺起战则必胜的无畏

神州理想高扬在旗帜猎猎
你我他　这些受益者
还有什么不放心的
该不该时时扪心自问
为军队为军人　无愧
敬重地做过哪些

2018 年 8 月 1 日

## 怨　谁

莫怨我
从你身旁无声走过
四季　你有多少时光
不在交杯换盏后醉卧
不知不觉
白发斑点双鬓　回头看
梦想化作落叶枯黄　你

这曾被誉为神童
越级考取名校
众多专家看好前途无量　却
经不起时风吹拂
抵不住名利诱惑
欲求不达借酒浇愁
满脑智慧为酒烧灼

整日昏昏沉沉得过且过
面对夕阳泪洒如雨
抱怨苍天不公的老者

该怨谁呢　无语
通红太阳幽怨西斜

2018 年 8 月 6 日

# 蝉　鸣

黑暗中思索成长
经受雨雪折磨
无数次躲过地下贼眼
蜕掉层层厚重皮囊　才
显露灵巧躯体
明亮中放歌
时光短暂
机会难得　怎会
不倍加珍惜
放开喉咙
不分昼夜
畅扬内心欢乐

在绿叶遮挡的白杨树冠
在轻柔的柳枝飘荡
在岸边在路旁

在城里在乡下
在早晨中午夜晚
你唱你唱你唱　是否
想补回逝去的时光

可料到　特有鸣唱
会招来什么灾祸
餐桌上　谁
品尝你味美异香
馋涎拉得很长很长

2018 年 8 月 19 日

## 流　年

欢快小溪
我的童年
淙淙蹦向远方
哪顾得问　未来
什么模样

湍急河流
我的少年
弯曲起成长的喜忧
膨胀躯体
积蓄能量　雄心壮志
迷茫着祈酬

怒吼浑黄
肌肉粗壮
无畏滚滚向前
我的青壮年
摧枯拉朽雕刻大地新容
改变是我体能转换　即使
有时墙倒屋塌田地受淹
人的泪光闪闪　也难
撼动我的天然

曲曲折折奔向大海
我的归宿
一场轰轰烈烈戛然而止
评说任由人心烦乱　入海
才能绽放我心安的蔚蓝

2018 年 8 月 28 日

# 被风触摸

喜欢春风绵柔
含情脉脉
夏日大汗　怎会不盼
风把浃背汗流干涸
秋风催熟果实　谁
笑声中收获

寒风凛冽　也有诗意
温暖钻进心窝

无法避免
被风随意触摸
春夏秋冬
不同感觉　还有

时风　随四季同来
激起滔天巨浪
高唱诱人欢歌
巨浪和欢歌蕴含什么
多少人能迅疾分辨
跟风者　有时
无奈痴情
踏入无底漩涡

当四季风搅杂
名利欲望无限混合
让我如何　如何
混沌风潮里
牢牢稳固清纯自我

2018 年 9 月 2 日

# 让眼睛离开手机

有人视手机
为生命的一部分
离开　似树
失去根

让眼睛离开手机吧
不再受雷人雷语勾引
你就有时间与亲朋联系
冷漠　化作目光真诚相对
心心交流的欢喜

让眼睛离开手机吧
抛掉过时的滥调陈词
别让负能占据时尚的脑袋
你的日子还长得很
还长得很　你的日子

让眼睛离开手机吧
虚艳画面终离自己很远
精神食粮有更好的代替
飘荡不羁的心落地吧
幻想　岂能解决生活难题

让眼睛离开手机吧
信息真假难辨　会纷乱
本已够乱多烦的心地
大好时光无情快感中飞逝
一事无成纠结在白发苍苍
将来面对后辈质疑
怎么解释才能令他们
频频点头称是

手机能装下宇宙
却只是工具　不要
眼手耳朵被他人牵拎
自己变成会思考的木偶

手机手机啊　这
明目张胆
小小的
有形
杀手

2018 年 9 月 10 日

## 原因分析

中专时的老师曾问：
同一所学校
同样的教室

没变的学制
现在的学生　为什么
不如你们感激
学校和老师

三十年前　国家发钱给我
家里每月补贴几元　即可
度过一个学期

三两酒下肚　微醉
我的回答
皱纹深刻的老师　无奈
连连点头称是

2018年9月11日

# 柿子熟了

摇动的金黄
麻雀蚂蚁盯了很久
早已馋涎欲滴
比赛　看谁最早撕开
反光的皮

麻雀叽叽喳喳跃跃欲试
蚂蚁紧张传递信息

人　在树冠拴上红绳
企图阻止掠食
战事即将发生
为美味填饱肚子

何必　看
树冠延展十多米
方圆几公里　金黄
一望无际
留些在枝头吧
几个柿子可让麻雀
不用挨饿在冬季
一个　成千上万只蚂蚁
能吃很多时日
共同家园的收获
就该共同分享　别忘记
普天同乐　也包括
麻雀和蚂蚁
与人类一同
守望地球的群体

2018 年 9 月 14 日

# 请借我一双慧眼

直钩钓来如意
子牙姜老先生　一定
凭慧眼把秘密洞穿
可否借我一用
别让我费尽心力　预期
成为幻梦

尊敬的孔老夫子啊
能不能公开秘诀
教我一眼辨别伪装神圣
把人的骨子看透
不受外衣厚重糊弄

借东风烧赤壁　想必
通古博今懂天文明地理
诸葛孔明先生　请明示
慧眼何在　带我
看清小人卑鄙
巧识豪杰英雄

数不清　多少人
自封“在世华佗”

羞辱华佗美称　时珍
李老先生　告诉我秘方吧
中草药和望闻问切　真假
如何肉眼断明

有人说先生们的著书立说
就是犀利的眼睛　可惜
装在愚昧偏执自信的头颅
只知望向无底的天空
模糊人间真情

2018 年 9 月 15 日

## 学做月饼的小女孩

不能说刚上二年级
就不是干活的年纪　劳动
从娘腹中就已开始

月饼香甜
注满另外的寓意　诞生
经过什么样的工艺
不动手操作
终究模糊如谜

伸出小手吧
从和面调馅造形做起

模仿大人
如何着装洗手
使用何种工具
揉攥捏压包烤一条龙
额头　是否
渗出细细的汗滴

今日假期
暂且抛开厚厚的课本吧
有些东西　课本
无法告诉你
比如　品尝亲手制作的月饼
并献给亲人共享　内心
充满自豪自信欢喜

2018 年 9 月 23 日

## 车窗抛物

抛掉的　肯定
不是什么好东西
剩饭剩菜
果核果皮烟蒂
一次性餐具
清空的饮料瓶子
用过的包装袋餐巾纸

装进塑料袋子
抛掉吧　不分
繁华城市大街
宽阔的高速公路
人迹罕至的森林平原
波涛汹涌的江河大海
轻松按下按钮
轻松抛到窗外　无所顾忌
先清理干净
自己的小天地　至于
谁车毁人亡
何处垃圾遍地
离我十万八千里
只要自己痛快淋漓尽致
何必顾及
监控细密
路人的抱怨和怒气

人在做
天在看　大地
岂能不知
扔掉的不仅是垃圾
人品　同时抛弃
长此以往　良心
会被狗吃

2018 年 9 月 25 日

# 告 别

拿高速公路平稳疾驰
告别沙土路上缓行费力
一个时代替换另一个时代
即使岁月催白黑发　我
心中依然流不尽欢喜

拿全天随时可拨的手机
告别老式的固定电话
亲朋话语顺意响在耳边
相隔万里如近在咫尺

拿住宅宽阔明亮大气
告别低矮老屋狭小拥挤
老屋寄托情思千丝万缕
新房满载未来更好希冀

拿自由悠然远方
只要自己愿意
告别走不出去的小天地
愈加开放的时代
放飞多少梦想　谁都可
一展身手
只要有超人胆识

我与昨日之我告别　经历
编织时代变换的故事
告别里抒写着什么
多少人深沉反思出感激

2018 年 10 月 31 日

## 一条小路

窄得只能容下两条腿
迎着冬阳斜向上方

鸟儿曾落下
小孩踩过
少年又踩过
青年留下脚印
壮年人踏出无畏的窝
老人们的拐杖捅出深痕

老人们的拐杖捅出深痕
壮年人踏出无畏的窝
青年留下脚印
少年踩过
小孩踩过
鸟儿曾落下

窄得只能容下两条腿
迎着朝阳斜向上方
荒芜的小路
可否跟我说清　什么
毁灭花草繁盛

2018年12月17日

# 陆 短歌集吟

# 诗韵龙城市场

1

灯光晨光相伴
不论春夏秋冬
一座城市最早亮灯的地方
映衬忙碌身影
开始一天的梦想——
打着哈欠的模糊想象

2

20 多年风风雨雨
已显露疲惫模样　时光
催山峰变成一片洼地
却集聚幸福一方的灵气
不断发散四方

3

这里　不见战争硝烟
却是战场
战术灵活运用
思想无声碰撞

大笑者会突然打噎
悲者也会突然直起脊梁

4

让急性子的人来吧
站在摊位旁不用三天
希望的眼神就会消逝光芒
要么改变急性子的脾气
要么甩下摊子逃亡
让慢性子的人来吧
夕阳西下时
看着成堆橘子烂作酒糟
瞅着一天收入没有几毛　能否体验
什么是火烧火燎

5

踏进来一搏的胆识值得赞赏
退出去解脱的践行无可厚非
市场内机会几乎均等　看谁
合法巧用勤劳和智慧

6

回头客多的摊位前立着无形招牌
卖者买者都揣着各自的秤
一个熔炉
淬炼的是人心　秤
平衡在人的心中

7

同行是冤家
孤立　怎能形成广大的市场
“冤”就放在一边吧
同一屋檐下　共同致富
才是久长的理想

8

没有围墙　各色人等
都可进去遨游一场
包容嵌在相互帮助
钱　没有
泯灭人的善良　虽然
有些小把戏无法晾晒阳光

9

时代的晴雨表
发展的温度计
创新的试验场
人心的测试仪

10

纷繁芜杂的信息交织汇聚
琳琅满目的商品来自四面八方
进进出出的人化作洪流
喧嚣气氛展示生机荡漾

商品浪潮中的一座奇岛
历经风雨飘摇却坚如磐石
合作互利的根基传承固牢

2014 年 2 月 4 日

## 海公祠

千岛湖胜景
楹联饱含敬重
“海瑞罢官” 让我牢记你的雄风
站在祠堂人来人往
听见你义正词严
愿这义正词严响彻时空
时下评判杂音隐去影踪
微尘　岂能遮蔽
穿透时光的警钟长鸣

2015 年 4 月 25 日

## 在中共一大会址

灯光昏暗　庄重威严
抚触黑漆大门牌匾
十三张脸坚毅改变历史的宣言
目光将时空透穿
惨烈抗争　硝烟弥漫

不断有人牌匾前留念
曙光照遍国人心坎
我挺直腰板留影相机
告诉女儿一大会址的内涵

2015 年 4 月 27 日

## 苏　堤

苏轼　写诗作画的手筹划长堤
劈开湖水　长堤
留下多少故事
走完二点八公里绿色长廊

猜不出当初筑堤遇到多大阻力
文弱书生经过怎样的风浪
历史改写于此
改写就改写了吧
总得有人踏出第一步妙棋
西湖因此更添美丽

2015 年 5 月 2 日

## 光明的陷阱

霓虹灯光织就美丽
地上密密麻麻的尸体
飞蛾扑火前赴后继
祖传技艺陷进光明诱使

光明背后是否海深不见底
探测吧　思考吧
惯性触碰会令生命窒息

2015 年 7 月 6 日

# 抗战胜利70周年阅兵式观后抒怀

## 1. 武器

不想杀人
有时不得不为之
有自己的秉持和脾气

## 2. 老兵

巨痛的记忆
今日笑容异于平时
只因观众
眼中的泪滴

## 3. 军功章

七十年了　不曾生锈
再戴上
让人记起来路

## 4. 合唱队

一身戎装
歌声喷射烈焰

用铿锵嘹亮庄重

警醒麻木　祈愿和平

### 5. 机群

宇宙无疆　蓝天有界

高科技铸就长空保护伞

### 6. 官兵

一代又一代

年轻面孔下的一颗颗心

向世人散射同向的自信

### 7. 外国方队

不在人数多少　关键

是否真诚带来追求正义的心跳

### 8. 鸽子

放飞

祈愿和平

如翅膀不硬

何以完成使命

### 9. 观众

分别通过电视电脑手机

听到音响看到画面

心　共振同一片蓝天

10.

## 那些没来观看阅兵的所谓贵宾

该来却没来
一次伸张正义的机会错失
狼子野心狐狸尾巴
暴露大庭广众
说得再好也是鬼话

## 11. 泪水

不管流出还是眼眶内打转
灵魂触动使然
感谢阅兵
擦亮一些人蒙尘的双眼

## 12. 祈愿

美好愿望　感人过程
官兵脚步战车轰鸣远去
祈愿和平的鸽子和气球升空
仅有祈愿
岂能带来和平

2015 年 9 月 5 日

# 透过黑暗的光明

透过黑暗而来的光明啊
前方遇到什么你是否预见
如有未料的黑暗阻挡
请一定不要优柔寡断
凭天性环绕而过
那黑暗已不是亲历的黑暗
再回头　岂能
看清自己的容颜
轻松出发吧
未来　你的心欢

2015 年 9 月 23 日

# 一本诗集

从七百公里之外的京城
辗转两日到我手上
封面　你指印如花目光如炬
流露的希冀在歌唱

2016 年 2 月 27 日

收到鞠习海弟赠《雪花集》后拟

# 珠　宝

不要叫我珠宝
我只是珠
宝　是人的心造

2016 年 5 月 1 日

# 风　筝

1

人　赋予你
生命形态
灵动的身子
许你荡在长天
也许是为学会控制

2

脖子上拴根绳
束缚了身体
却束缚不了自由心境
束缚不断　才能

飞起
飞高
飞远
奇景顿生

3

不要以为翱翔长空
就傲视一切高人一等
脚下的人
渺小
手
却很长
能搅动苍穹

4

难得一年一见
聚在一起
飘带猎猎作声
畅叙衷情

5

腾空　触摸云层
盛极一时　总是
别人眼中的玩景

6

只能
处得阳光春风
几滴雨

就翅膀沉重
何谈大事成功

7

放飞潇洒
收回从容
人用放飞磨炼处世本领
工具　改不了本性

8

有时一头栽下
甚至扎进泥土水中
再无法炫耀蓝天白云
谁之过
谁心痛

9

天大而蓝
风劲且软
舞跳得动人心弦
即使昙花一现
也算留印
在世间

2017 年 4 月 11 日

# 吃

就着米黄色的灯光
把山珍海味吃掉　还有
地道的农家面条

就着充满诱惑的珍馐
把柔美的灯光嚼进肚里　另加
亲朋久别小聚的欢喜

2017 年 10 月 26 日

# 落　叶

不能怨你带走绿色
世间因你而通透许多
隐藏的鸟窝露出踪迹
有人咕哝：何时
品尝鸟儿
下锅

2017 年 12 月 31 日

# 染　发

多少人
头发染黑
挡不住
白色发根
露出本相　他
却把头顶染白
二十多岁的头上
撒满厚霜

2018 年 4 月 14 日

# 月光，画斜了我的影子

无论我站得多么正直
影子总在地上斜立
抬头望月
刚被夏雨洗新的笑脸
背后藏匿
多少可笑的卑鄙

2018 年 5 月 22 日

# 雨滴之语

马上就要落地
让我们吻别吧
不论飘落大海江河
还是高山洼地
不论打在毛发
还是棉裤单衣
就此别过
留下相遇的记忆　雨滴

这喜欢交叉的精灵
即使来自同一片云
也想弄清去往哪里
期待再腾云驾雾
交流轮回的心思

2018 年 9 月 15 日

# 秋风穿过

带果实反光和渐凉
没有穿透山
却透穿了我的心房
一种留恋
催我心慌徜徉　面对
萧瑟苍茫

2019 年 8 月 25 日于诸城拉山

# 事　儿

风知斤两
如学会自己称重
雨滴欢乐不是问题
只要不刺穿山河
雪花该完成期待
如不化作导弹倾泻　谁

肝火上盛
良心扯碎当歌
表面似佛

2020 年 1 月 3 日

# 美女与烟头

身材颀长凹凸有致
长发及腰
精修过的眉毛
涂抹适宜的樱唇
高跟鞋挺起的猫步
无数眼球跟随转动　你

喧嚣大街一道独特风景
多少次浓妆艳抹
才傲展自以为美的容颜　一个烟头

从玉指潇洒抛向
环卫工人汗水浸湿的路面
以丑为美
再次上演现实之版

2020 年 8 月 13 日

# 面　条

知道长长长长的社会学传说
目睹母亲揉揉揉得额头汗滴

2020 年 11 月 18 日

# 与月约会

今晚的月亮
眯起微红的眼睛
看什么呢
莫非笑我脸红　千万

别讽我酒量小得可怜
武松打虎
凭借的绝不是酒胆

2020 年 12 月 19 日

# 滑　倒

雪猛冰厚
村里人滑倒
打扑几下
苦笑羞脸远行
城里人滑倒
左顾右盼　缓缓站起
行人避之唯恐不及
因农村路软城里路硬
还是其他不好发声

2021 年 1 月 7 日

# 不曾山盟海誓

与你不曾山盟海誓
却每每飘雪后记起　你
推门而入肩披雪花厚实
走访贫困者夜归饥肠辘辘
该速溶的却永存　从此
你的善良铭刻心底

2021 年 1 月 13 日

# 路　过

朝南的门口吞吐时光
并列的柿树适时奉献金黄
偶然进入喧嚣院落
新的诚惶诚恐至今记在心上

得敬畏这眼前存在
楼房不高且陈旧多年　支撑
无愧向往的真诚低吟高唱

走进去步履坚定无声
走出来深情回望
走进走出都有故事　路过
留点诗和远方

2021 年 1 月 15 日

# 幽　怨

接触你的幽怨
如海沟深不见底　我
得目光如炬

挤远你含笑的眼中
活生生的黑暗

2021 年 1 月 24 日

## 冷　暖

冬日的两把剪刀
剪来剪去
寻找梦中奇妙

2021 年 1 月 27 日

## 爬墙虎

没有血盆大口令人心惊胆战
开放的胸怀造就一方浮想联翩
冬这凛冽怪物夺走你的翠绿
枝丫刻画多少责任田
绿叶枯干酷似人的身姿
谁举镢头谁扬皮鞭
谁腰弯如弓谁抬手擦汗
好一幅辛勤劳作的画卷
请找找自己是否立身其间
人啊　何必以聪慧自傲

神笔马良在世有没有本事
描画这神奇洒脱自然

2021 年 1 月 31 日

# 口　罩

街灯昏暗
戴上口罩　躲避
星光刺穿
满嘴乱语假言

2021 年 2 月 15 日

# 笑与孝

## ——一幅母亲与女儿开怀大笑的图片观后

没有心灵无尘共鸣
哪能开怀大笑鸟儿惊动
感谢拍照人深情一拍
何为孝
多少麻木的心
被重重击疼

2021 年 2 月 17 日

# 柒 留世清香

# 回　家

——献给2015年3月20日从韩国运回的68具中国志愿军烈士遗骸

回家了　回家了
你们终于回家了
离家60多年后的今日
祖国母亲以哀乐泪水和鲜花
迎接迟归的英灵

从当年踏出国门那刻起
就没打算活着回到家园
用肉体用智慧抵挡飞机大炮坦克军舰
用正义用信念凝筑击不垮的钢铁军团
敌人念着咒语狼狈逃窜
不可战胜的神话化作云烟　从此
历史被改写
你们却倒下　异国他乡长眠

长眠的是躯体
魂灵依然飘荡母亲长天
看　每当夜幕降临
儿女的星光一直与母亲紧紧相连

母亲怎能忘记自己的骨肉
她日夜魂绕梦牵
寻找的脚步从未停止
时刻张开双臂
焦急等待儿女的归来

今天　儿女终于归来
母亲才稍稍心安
她用国旗安抚儿女迟归的心灵
她用强盛告慰儿女深情的期盼
她用春风温暖儿女流浪的心田
她用铿锵的脚步　证实
儿女用生命铸就伟业非凡

孩子们　回家吧　回家吧
灵魂安息在母亲怀抱
享受曾经祈愿的安详
看母亲长袖飞舞
勾画更加美好的明天
请用永生的灵魂为后来者铸就信念
催引战胜魔鬼的铁拳紧攥
踏石留印　抓铁有痕
续写母亲傲立于世的传奇诗篇

2015 年 3 月 21 日

# 让一个有心的灵魂安息吧

——悼念汪国真

先生的心跳戛然止于59岁
如果再延长10年
还能写出多少动人诗篇
以往的热度已经够热
洛阳纸贵让多少同行惊羡
只是有评论家说
先生不是诗人而是作文家
适逢市场经济大潮搏击春风

当写诗成为少数人自娱自乐无病呻吟
当写诗成为与世隔绝者自我陶醉抒情
当写诗的追求成为卖弄高深让人不懂
当写诗的目的在于崇拜模仿
我不知诗歌还能否保持久长生命

佩服先生有心率先踏出的一步
多少人沉醉富有哲理的诗中
从此一股飓风把诗坛劲吹
诗在中国大地再次风起云涌
不管有人怎样议论

先生已在诗坛留下厚重脚印
即使《百年诗歌精选》不曾收录
也改变不了先生的曾经

只记住先生几首
无缘与先生直面相逢
作为诗歌爱好者——我
祝先生一路走好
让优劣评判如风散长空
如天国有灵
请续更多诗歌撼人传诵
引燃诗歌再次沸腾
偏执固化的观点见鬼去吧
市场就是无情与有情的竞争
诗歌也无法例外
它只是文学的一种

一个有心的灵魂安息吧

2015 年 4 月 27 日

## 公　祭

——写在南京大屠杀死难者国家公祭日

疤　多大多深
痛　就多大多深
疤之痛　痛之疤

嵌入民族内心
时刻隐隐　今日
用白花的花瓣切开
用弯腰的鞠躬切开
用诗的犀利切开
用撞响的钟声切开
用抑制不住的泪水切开
用鸽子的羽翼切开
任沉痛击打心的沉闷
让疤痕再次发出声音
忘记历史会致悲剧重演
唯步调一致风雨共担

向前向前
疤痕　已硬入真皮深肌
鬼魅却不时针刺窃喜
记住公祭的钟声吧
和平鸽带不来和平　上帝
不能相信泪滴

2015 年 12 月 13 日

## 坚守一片纯蓝的天

——致作曲家阎肃老师

第一次听到你的名字
以为是“严肃”　因为

你把民族的大众的时代的音乐
严肃地凝集在一起
一股严肃而活泼的乐风
吹遍大江南北平原岭地
人心被正能温润惬意

从懂事起就喜欢你的音乐相伴
即使半懂歌词含义
哼着走调的曲子也能陶醉半天
至今溜来依然心潮滚翻

当低俗乐音充斥乐坛
你坚毅地挺直腰板
接地气的乐风把大众之心浸染
撑起中国音乐一片地绿天蓝

军装和五角星
至死不渝的寄托时刻装在心里
用音乐放大播散到古老而年轻的土地
祖国母亲的歌唱中融入底气十足的惊喜

你的歌我依然信口而来
你是为美丽土地而生而歌的天才
可生命终究禁不住岁月刀刻
你走了却依然在——
你的音乐将传承万载

2016 年 2 月 12 日

## 你的事迹，我噙泪又听了一遍

——王金鉴事迹报告会听后拟

上次的泪流还冲刷激荡心间
今日一场报告会
又在尚未愈合的伤口撒盐
宣讲员抹泪离开讲台
听众模糊视线
我的泪光穿透时空
你的路又重温一遍——
每天第一个走进卫生院大门离开却最晚
为改革有个开端让妻子率先离岗
常到孤寡畸残者病床前嘘寒问暖
替患者缴纳医药费是家常便饭
早晚点名成为与职工交心的渠道
陪伴加班者有时到晨曦初现
多少路面院落是亲率职工动手的杰作
多少桌椅设施来自不断申请求援
坐公共汽车往返数年只为节省些开支
为找到漏水之处连续几夜早起查看
带头扫雪修缮的汗滴浸润职工心田
多少人被拒之门外因欲送金钱礼物
为给你治病家人要卖掉仅有的楼房

生病了依然坚守岗位直到无奈住院
每个职工都被当作兄弟姐妹
哪个单身者没在你简陋的家蹭过饭
新建楼房让给聘来的专家居住
单身宿舍度过三个没有暖气的冬天
经常捡起烟蒂被患者认成清洁工人
旧衣服常洗常换惹来同事笑怜
……
没有惊天动地的豪言壮语
只有一件件实事平凡如一日三餐
平凡累积听众泪水涟涟

职工的泪同行的泪
熟悉者的泪陌生人的泪
家人的泪朋友的泪
康复者的泪被救助者的泪
证明着什么
拨动共鸣的心弦

从农村来到农村去
你的心与百姓紧贴紧连
每换一个地方都迎来一片赞叹
不仅你“向我看齐”的言行令人感动
更是瘦弱躯体撑起一座座高楼
稳固天地之间
这片古老的土地孕育了你
你把自己的大爱倾情奉献
大写成催人泪下的一路诗篇

你的事迹　我噙泪又听了一遍
为什么每次都有针刺的痛感
喧嚣尘世总有中流砥柱触动灵魂
令人感动着记忆久远　久远

2016 年 3 月 12 日

## 走了，留世清香

——纪念杨绛先生

撕开心　掏出话来
写给世人看　转换
外文成国人可懂
打开世界

自身言行　证明
写和做多么一致

多少人如你　走了
清香　依然缕缕不绝
浸润别人的心房

多少人如你　坦荡
如水漫沙滩
送来湿凉　抹去
深得不能再深的脚印
无声远航

今日出差
没找到你的大作欣赏　只好
匆忙写下诗行
用你的清香　荡涤
蒙尘的心想

2016 年 5 月 25 日

## 用泪光闪烁与烈士对话

——2016 年 9 月 30 日观烈士纪念日向人民英雄敬献花篮仪式后拟

碑　耸立
人　肃立
阳光　温暖

烈士如碑
碑是烈士

烈士　长眠的烈士
看不见鲜花
却嗅到清香四溢
看不见人群
却感知敬重的目光透穿大地
看不见整齐肃穆的方队
却察觉脚步铿锵有力

看不见血染土地的巨变
却欣慰少年儿童庄严宣誓

站在电脑前
如同往年
心潮起伏
用泪光闪烁与烈士对话
我告诉孩子
其中什么道理
年年如此
我的孩子的孩子的孩子
一定学会
复制

2016 年 9 月 30 日

## 每年的今天

——纪念毛泽东同志诞辰 123 周年

每年的今天
都拿出短暂时间

思考伟人诞生的意义
不得不说　那诞生
是苍天的恩典

回看国家的来路
不得不说　如果没有他
路　不知还会遇到多少道弯

分析时下国计民生国际风云变幻
不得不说　他的言行
已提供借鉴

展望祖国未来
不得不说　一盏明灯在前
不能熄灭
不能抛向九霄云端

短暂相连
孕育
割不断的久远

2016 年 12 月 26 日

## 大海中永生

——纪念周恩来同志诞辰 120 周年

爱和操劳没有感动上苍
苍天有眼有时只是骗人把戏
祈愿和坚毅没能把病魔击退
骨灰中融入中国人的恸泪

联合国降半旗　大海
收留您这身无分文的赤子

有人　遗体
装进厚重棺材深埋地下
碑文深刻想流芳万世
可惜　疾速朽去遭人唾弃
您　飘进大海不留微痕
却在历史长河闪耀星光
催人抬头看路沉思
刺痛惊醒迷茫的心地
您大写的名字啊
刻进挚爱奉献一生的古老热土
友好或敌视者依然铭记
您呼唤和平共处路上的风姿

签批过的资金何止万亿
您的内衣却
补丁摞补丁

回忆你的经历　为什么引人
泪水涟涟拳头握紧脊梁挺直
谁敢说　谁敢说
时代不同了
您已过时　看
浸润伟人灵气的南海东海黄海渤海
不断地滚翻中华崛起的民族骨气

2018 年 3 月 5 日

# 32 年孤岛行

## ——献给全国“时代楷模”、灌云县开山岛民兵哨所原所长王继才同志

孤岛什么样
野草丛生　海风呼啸　人迹罕至
淡水粮食蔬菜蜡烛
须从岸上托人捎带　艰苦
穷尽今时之人想象

0.013 平方公里有多大
步行　很短时间就能丈量

你的前任
待得最长的 13 天
最短的 3 天　你
在岛上巡回 32 年

32 年有多长
59 岁的生命　一半多
在孤岛上

每天升旗巡岛　30 多年
仅有 5 个春节离岛

享受远方不被海水包围的自由
看一看家国兴盛祥和　心
增添着不畏孤独的力量

病重父亲离世
大哥突然倒下
母亲永远闭上眼睛　那些
最揪心的时刻
你都没有陪在身旁
见上一面成为奢望　因为
战备执勤
刮风下雨　船
不能启航

独特位置　犯罪分子眼中
走私偷渡的“天堂”
“蛇头”10 万现金
换来私欲拒绝　因线索准确
6 次走私偷渡被成功告破

“我是农民的儿子，
为了一个承诺，
我选择了上岛；
我是哨所的民兵，
为了一面国旗，
我留下来守岛；
我是一名共产党员，
为了一个信仰，

要在开山岛守下去，
直到守不动的那一天！”
你用坚守兑现誓言　妻子
与你一起静观落日迎接朝阳
190 多面被风雨撕破的国旗
40 多本海防日志
1 部手摇电话机
20 台听坏的收音机
10 多盏用坏的煤油灯　蕴藏
多少信念执着如钢

与海鸥对话
与海浪同歌
孤岛上不孤独
背靠祖国
警惕的眼睛透射赤诚刚烈
你不是军人却
尽军人的职责　大写人生
催人泪下
教人懂得　什么
叫真正爱国

2018 年 7 月 30 日

捌

# 悼思亲人

# 那个岳父待过的地方

在那个地方
岳父踏出大学校门第一次落脚
放下行囊　执起教鞭
书写青春梦想

在那个地方
岳父初恋　相思如痴如狂
一个曲折的爱情故事
冷风中埋藏

在那个地方
一阵阵黑色旋风从天而降
身心正直的岳父被击打得遍体鳞伤
从此　路拐向
如一片树叶坠入长江

今日　雪花飘飘中遐想
如果岳父当初不来这个地方
未来道路会怎样
密集雪花落在我的手心
冰凉　紧缩了我的心脏

2015 年 11 月 24 日于昌乐

# 如雨的泪滴

——悼岳父龚庆玉

每提一次那个名字
似对你的心又一次刀割斧劈
你如雨的泪滴啊　岳母
情深似海的标记

每次亲友相聚把那人回忆
都是重新揭开你渐愈的伤疤
你如雨的泪滴啊　岳母
岂能冲刷干净曾经的时日

每当谈到那些书籍
都会勾起你心中的痛楚
你如雨的泪滴啊　岳母
会把仍浓厚着那人气息的字迹打湿

我知道这一次　岳母
当从女儿手中接过诗集
这本注满那人情意体温的书时
你又会抛洒如雨的泪滴
可我哪有理由不这么做
每个作品都洋溢撼人的才气

怎能不编辑成书
为他在世上留下印迹　回应
人世待他不公
令人扼腕叹息

2015 年 11 月 30 日

## 极寒中的痛泣

——悼臧传国之父臧宝运

你走了　在家乡未曾有过的寒日
走得匆匆忙忙似有急事
亲人痛苦到窒息　泪
极寒中冰凉着刺激

承继着传统总闲不住
牵挂着儿女和儿女的儿女
国家安危兴盛常挂嘴边
关心家乡变迁飞速
是天空是大海是山是水是树是土
把梦精心培育　此刻
厚重的温情突然化作冰窟
你可体味儿女内心的哀痛孤独

恨病魔无情有什么用
寒风中泪流

无法阻止你走向天国的脚步
原谅儿女惹你生气和照顾不周
失去后扼腕叹息
只是无可挽回的悲剧

辛劳一辈子　该歇歇了
可这样匆匆离去超出儿女预估
别怪儿女心狠
发出愿你在天国幸福的祝福
有什么办法呢　你已化作影子
只能在儿女头脑中飘浮
永远挥之不去

2016 年 1 月 24 日

## 大年初一早晨，嫂子走了

新年鞭炮震窗阵阵作响
欢乐正在大地上外溢荡漾
你选择悄然离开
家人发现时已手脚冰凉

你这嫁自外乡孕育三个儿子的女人
你这喜爱干净整齐不愿小孩太近的女人
你这识字不多但还通情达理的女人
你这喜欢头顶插花常搽雪花膏的女人
你这勤劳但收获不如意的女人

你这半癫半傻到处流浪的女人
你这拒绝吃药打针听天由命的女人
你这把十几块钱烂在裤兜里的女人
你这终前孤单无语的女人
今日——新年驾到鞭炮齐鸣的日子
走了　悄悄地合上双眼
我抬你入殓
看见瘦削灰黄的脸
四十年前的风韵丰满已被苦难和岁月吸干

嫂子　我明天事急不能参加你归土的仪式
提前磕三个头吧
面向棺材中穿上新装的你
大红底子布满艳花的新装
生前　你哪舍得穿起

2016 年 2 月 8 日

# 再来找谁

——悼 2016 年 6 月 20 日晚去世的舅舅张守富

六十四年修炼　你
自己修炼成一堆灰白碎骨
六月天
孤独棺材里
让人泪汗交加

失去悲的耐心
就像有的人
对你生前的照顾
不耐烦地敷衍

今日终于解脱
解脱得只剩一堆骨
那骨几斤重
你的身躯曾多么魁梧

好在苍天良善
取人性命的病魔与你相处
时间短暂　手下留情
你没在哀号中合上双眼

每个大节来临
估计我去看你的日子准如时钟
推开吱扭作响的院门
喊一声舅
你不灵便地转身站定
不太清晰地重复着“别来了，你那么忙”
眼中分明透射抹不掉的期盼
岂能瞒过我的眼睛

姥姥姥爷在
这个村我常来　你在
我常来

这个贫困的家是块磁铁
而今你也奔赴天国
我来找谁　只能
面对平房残破低矮

2016 年 6 月 21 日

## 你还是走了

——悼同学张淑清

能用的医疗手段都已尽用
只差天上灵丹妙药和神仙显灵
你还是走了
不情愿地闭上抗争的眼睛

亲朋同学的安慰几达极致
宽心祝福的话语塞满长空
你还是走了
留下滴血的心情

对亲人对工作万般牵挂
没能引起病魔一丝同情和感动
你还是走了
化作远去的风

三年同窗的记忆依然鲜活
你的柔美坚毅正直广受好评
踏上工作岗位定是把好手
曾经的烙印是改变不了的明证
可恨苍天无情夺走你的生命
多少规划化作幻梦

没有法子让噩耗消去　再
听到你甜美的笑声
那些“一路走好”的祝愿都是扯淡
可不这样做　又有什么
能安慰我内心无尽的哀痛

2016 年 6 月 27 日得知淄博卫校同学张淑清当日病逝后拟

## 泪，永远在内心奔涌

——悼同学张培健之母亲王桂英

立秋后第一场暴雨如注
洪流触发多少人胆战心惊
却没能复苏你的心肺功能

立秋后第一次电闪雷鸣
多少人睡梦中惊醒
却没能阻止你相伴滚滚雷声
去往天国的征程

立秋后第一缕凉风轻拂
闷热日子接近尾声
熬过了酷夏
你却呼吸骤停

踏过八十岁门槛那么难吗
儿孙盼你度过百岁高龄
如今多少孝心化作梦幻　怎样回报
你七十八年在世的奋争和恩情

今晨暴雨倾盆
苍天也为你的仙逝悲痛
雨水成洪岂能冲淡儿孙的泪
那泪　永远在内心奔涌

一路走好吧　娘
带上纸钱哭声泪水一路走好
天国改变不了你善良的秉性
儿孙会铭记你的欢笑与叮咛
你将在未来烟雾缭绕的叩首中
永生　永生

2016 年 8 月 8 日

# 大姨，你的离世增加了我的孤独

本该少雨的日子却细雨绵绵
莫非　苍天也在洒泪
送你入土为安　每个雨滴
都砸出我心痛抖颤

透过我学医的眼光
姨　你活过九十岁不该是梦
可还差八年
你就异常地心跳骤停
愿你高寿的祝福飘逝秋风
秋风不识人间痛
泪流　岂能挽回你的生命

从你出生地到生儿育女的村
不过三里地
你的时光在方圆三里地上流逝
去过的最远处
是到距四十多里的县城就医

一百多户的小山村远离喧嚣
闭塞　却封不住你的爽朗天性
我最愿听你的笑声
纯净浑厚真诚如天籁

享用五十年
有时梦中笑醒

每次见到你
都会紧握我的手
直视我的眼睛
就像几十年没见面
满布皱纹下垂的眼睑
遮挡不住欢喜牵挂的真情

一辈子
一种职业
一个家庭
一副炽热心肠
一方好评

如今你驾鹤西去
我再来此处　谁能给我
爽朗的笑
嘘寒问暖
山村原始的温情深重
问秋风　回答
只有透穿心的阴冷
走在哭送你去天国的人群
新的孤独弥漫心底
如一棵老树独立山顶
风来树摇
我感到根的断痛

2016年10月22日写在大姨张守巾葬日

# 你永远朝亲人眨着爱的眼睛

——悼初秀英老人

听哀乐如箭穿骨
见遗容心如刀割
不敢再强忍泪水　再忍
身心就要崩溃

痛心无法言表
只有泪　只有泪
顺腮而下　模糊的眼中
满是你从前的身影
泪连连滴落
打湿胸前的白花

跪拜磕头祈祷
岂能挽回你的音容笑貌
可我只能这样虔诚而跪
为了心中悲火熄掉

眼瞅焚烧炉张开大嘴
你八十二年的躯体
不到一小时
被装进骨灰盒　所有祈愿
都是自我哄骗的安慰剂

一颗善良的心脏停止跳动
世上又少了一位牵挂我的好人
站在吊唁的人群突感孤独
眼泪再次夺眶而出

寒风似万斤重压双肩
但愿这不会阻碍你成星的征程
你一定会明亮闪烁苍穹
永远朝亲人眨着爱的眼睛

2017 年 1 月 31 日

## 难以写出的诗行

——悼恩师胡林之子胡斌

站在窗前凝望
想写一首诗
悼你逝去
却五次受阻　一字
没能落在纸上
这样的事三年来
不曾出现　莫非
过度哀伤
堵塞我的思想

无论怎样
必须为你写一首
我曾说过
为熟悉敬重的每一位逝者
写一首
表达哀思
把曾经的友爱回望

三十多岁
事业蒸蒸日上
退休不久的父母健在　病魔
却夺走你的躯体
我的心似针扎　悲怆
每每把动笔阻挡

我该怎样
才能写下诗歌　评判悼念
你这撇下父母的早亡
又该怎样把写出的诗行　发给
你的爸爸——我的恩师
师母
阅读
我怕揪心的泪　再次冲荡
稍稍平静的心房
怎能忍心再刺激
二老白发苍苍的悲凉

泪　又一次
模糊我的目光
纸上几个字被浸润
像镶着黑边的白花
向四周扩放　什么
能填充起中间片片空白　苍天
灰起面庞

2016年12月5日

## 但愿我泪光闪闪化作你的星光

——悼李健仁老人

八十九岁　离世安详
如半仰床头淡定话世事无常
有的亲朋脸上
少了撕心裂肺的哀伤
那是因你高寿
还享受过四世同堂
是因你选在元宵节谢幕
还是几乎无痛苦地
悄然停跳阅世至深的心脏

我还是禁不住哀乐声
泪水流淌
正月初五拜年

"活到一百五十岁!"
祝福还响在耳边
今日　却分隔阴阳

回忆与你相识至今
三十年如水微漾　言行相教
浸润我为人处事一路时光
似灯盏前方点燃
照亮我路途迷茫

活着　好好伺候
去世　不必过分悲伤——
有吊唁者这样说出感想
眼泪再多
岂能挽回你达观的生动模样
可我还是以泪眼送你驾鹤西去
但愿我的泪光闪闪
化作你在天之灵的星光
一如既往　时刻提醒我
人间正道是沧桑

2017 年 2 月 12 日

# 悼奶奶李荣臻

## 1. 清明节，我想你

清明节是把软刀子
天堂之美　纯广传的谎话
纸烟袅袅　割开
我无可替代的痛

为什么我不愿听
《白发亲娘》动人的歌声
每次听见
眼前都会浮现你飘雪寒冬
站在村口等我求学归来的身影
佝偻的身子是根钢针
刺疼孙子眼睛

为什么每次上坟
我都磕头与地面重碰
声响会随纸烟鞭炮震响一同上路
告诉你在人间我健康安宁
不要以为我还没长大
牵挂的心总悬在半空

规避这把刀子　怎么可能
奶奶　逝去二十年的奶奶呀
我含泪向你诉说一些事情

2017 年 3 月 20 日

## 2. 手机，你为什么不能

不信有神灵　清明时节
哀痛撞心的时节啊
却祈愿真有神灵大显神通　许我
手机与天堂亲人面叙思情

聆听一声声乳名呼唤
享受牵手登山远行的美景
重温同坐驴车一路颠簸的轻松
体验一同插秧犁地锄草的劳累
回想　挥镰割麦大汗淋漓
瑟瑟秋风中刨摘地瓜花生

“早回家”“好好上学”的反复叮咛
“家和万事兴”的唠叨
与人为善诚实勤劳的家风
都想痛快地聊叙
蒙尘的心淡定再淡定

还想　真心想啊
伸手抚摸你皱纹深嵌的面容
看看是否白发剧增
细问你衣食住行是不是如意

该不会如凡间存在许多不公
何谓电脑高铁宇宙飞船
何谓医改反腐纠风转型
这一些都要告诉亲人
变革的家乡啊
岂能变成断线的风筝

一次次拨打
一次次无法接听
一掌击碎触摸屏
殷红的鲜血滴落黄土
疼痛使我睁大眼睛
心跳急猛

手机　有人说你跨越时空
却为什么不能
许我与天堂里的亲人
相会于梦

2017 年 3 月 27 日

## 不幸中的庆幸

——悼贾秀军之父贾凤松

生活的感觉无从表达
眼神倾泄心中无奈

二十二年瘫痪在床
近五分之一人生交给家人服侍
你这曾经叱咤风云的七尺之躯啊

卧床的日子
喂饭喂水理发洗澡
翻身按摩吃药就医
八千多个日日夜夜
循环往复　谁
有这样的耐性耐力

感谢亲朋吧
那安慰帮你减少多少孤单
感谢儿女儿媳女婿孙辈吧
过早挑起重担
用行动证明孝心代代相传
这样的后代在家庭外肯定值得敬重
没有过不了的难关
尽管赡养老人天经地义
可多少人做到无愧苍天

更该感谢妻子
培育懂事的孩子
柔弱双肩
支撑起儿女的信心
支撑着你度过每一天
支撑起未来的希冀
支撑着家的航船
从儿女长成到孙辈挺起身板

从两鬓斑白到满头如雪
栉风沐雨
走过一路艰难
持久之爱
耐心之爱
诚挚之爱
裹满你无法离床的身体
多少人　如她
不离不弃
静默写实传统爱的诗篇

不幸之中有大幸
天堂里
你该庆幸

2017 年 4 月 19 日

# 一位八十岁的男人走了

## ——悼同学臧运江之父臧加弟

不是去远方随儿子长住
不是去看黄山漓江美景　而是
去了冥冥之中的天国
化作青烟一缕

带走纠缠几十年的慢支
带走脑出血的凶狠卑鄙
再硬的脊梁也被岁月压弯　尽管
与病魔抗争多么坚毅

带走常挂嘴边的无尽嘱咐
带走超越海洋之重的儿女孝心
你的缺席让家裂开巨大缺口
哪个神仙有奇法修复如初

至死神狰狞降临
仍未改变祖传的朴实　言行
总浓烈着乡土气息
基因传承给后辈的后辈
家风　引多少人齐伸大拇指

无法阻止亲人泪洒冰凉山地
三鞠躬聊慰我悲伤的心底
儿女尽孝已内心无愧
你该心满意足双眼笑眯

一抔黄土筑起新家
不远处就是你住惯的老屋
脚下土地融进你曾经的喜怒哀乐
山头洼地还记得你耕种的勤劳辛苦
但愿新的世界没有病痛折磨
满眼春色花香鸟语　你

任性举杯　沐浴阳光
整日哼着小曲
笑对美丽的日落日出

2018 年 1 月 2 日

## 我感到新的孤独，老师

——悼恩师谭邦俊

悼诗　是我最不愿
写的诗
可我无法罢笔　为你
我的老师

你为什么不能
再熬过几个时日
我正出差远离
无法现场送你一程
用磕头和泪滴
我的老师

你走了　带走
满腹的学问
一手漂亮的钢笔字
粉笔字毛笔字　还有
邻居朋友同学同道学生的赞语
我的老师

怎能忘记
初中时因分数过低
你气得撕碎试卷
罚我站在教室
直到下课铃响起
我的老师

怎能忘记
当拿到重点班录取通知书
你与我的父亲炕头对饮
至日落山西
我的老师

怎能忘记
每次去看你时的嘱咐
那嘱咐是教鞭
不时爆响心头
催我时刻警醒警惕
面对喧嚣尘世
我的老师

怎能忘记
你人心不古的慨叹
可你从不悲观　目光
穿越历史看见未来
我的老师

酷热天
我出差的城市车流如织
畅谈的人又少一个
我感到新的孤独
泪和汗模糊了我的视线
我的老师

2018 年 8 月 2 日

玖

# 健康卫士

# 我的电话

——写给医院急诊科专业人员

春日凌晨四时
急切地给你打电话后一分钟
你回电话了
次日同事告知
今晨两点你接诊完患者才回家
我抱歉打碎你疲惫的梦香
你说习惯了
可家人习惯了吗

飘雪的夜晚十一点半
急急忙忙给你打电话
你满头雪花走进急诊室
患者危情如雪融化
这样的情形你说习以为常
可我为夜深的惊扰感到不安
你知道吗

中秋月圆之夜　同学急催
我给你打电话
在二十公里外的老家

通过电话指导值班人员
诊治病种少见的患者
三次询问指导超过四十分钟
话费得自己承担
你是否感到开支有些大

120　公开的急救电话
你还把自己的手机号码公布于世
无数人拨打过你的手机
喧嚣大街相遇却不一定认识你

请不要怪我不分早晚的电话
电波把焦急和信任传达
信任来自逢电必回的友善
信任来自回天有术的精湛医术
一面窗口擦得光亮
生的希望因你而无限放大

2015 年 5 月 6 日

# 医　院

谁都不愿去却又不得不去的地方
催促人不由自主思考转变观念的平台
与科技进步紧密联系的枢纽
全天开门任何人都可自由进出
各路信息交汇发酵异变传播的聚散地

爱与不爱真情假意竞现的舞场
和农民耕种的土地一样最接近自然的所在
里边人想出来外边人想进去的围城
由一群在“学习—实践—学习—实践”的
循环往复中以至无穷的人联结而成的组织
常被人以莫须有名义闹得乌烟瘴气的出气筒
允许人大声笑或放声痛哭的场所
让梦放飞也可破灭的载体

拿着刀子甚至毒药播撒爱的圣坛

2015 年 5 月 15 日

## 心灵之峰

——贺姚尚龙、高鑫、胡方斌、陈菊梅、唐子人、占玛泽仁、刘迎龙、晁恩祥、杜丽群、张效房 10 人获 2015 年全国“最美医生”称号

滚滚浪花中的至高点
触到更蓝的天
多少未知在前方闪现
目光穿透时空
探索最满意的答案

群山中的最高峰
看见更远

从最底处一步步走来
相伴执着悲喜艰难
登上众谜待解的山巅

森林里大树的梢尖
承受更猛的风更深的寒
风寒只是催化剂
根　稳固如山

谁说高处不胜寒
你们并不孤单
看　康复者无尽的欢颜
救死扶伤的手啊怎能停下
除非　心跳中断
救死扶伤之梦啊　一生
摆脱不了的纠缠

你们的泪啊也长流
为生命逝去不可控的自选
你们的笑颜啊也常绽放
病魔无踪后的自然

七情六欲在躯体彰显
人间烟火熏成大爱无边
祈愿吧　心灵之峰高举火炬
永远把生的希望点燃

2016 年 3 月 14 日

# 总得有人做出牺牲

——致春节假期值班的医务人员

开车坐车乘机　你们
也计划过回家过节的方式

敞开心扉
与亲人畅谈到晨曦初露
你们也期望收获亲情陶醉

通过手机约定
多年少见的发小一醉方休
重温童年时顽皮的曾经

也想亲手点燃鞭炮
看青烟消逝天际高远
虔诚叩拜地下祖先
安慰深沉心底的思念

也想牵着孩子小手
爬山溜冰听林中鸟鸣
紧张的身心放松再放松

也想走进集市
欣赏物物交换的繁荣

目光从痛苦面容移开
喧闹中收获短暂平静　这一切

这一切设想啊
都消逝在诊治思考和脚步匆匆
唯见患者康复的笑脸
微微失落的心才放晴

就这样过吧　早已习惯
看他人阖家团圆笑语欢声
在岗位陪伴患者
迎接充满希望的黎明

就这样吧　总得有人
万众欢乐时刻做出牺牲
以康复者的感激和笑颜
换来人生价值特性　即使
有人有时拿刀
指向自己的脖颈

2017年1月27日

## 天国地狱，都没有你的位子

——写给无辜被害的医护人员

如果有天国
安身的该是英雄先烈

因病因灾的死亡者
你是仁爱化身
却死于受益者的拳击刀戳
天国之君有什么理由
收留你这不该死却死了的魂魄

如果有地狱
立足的该是些穷凶极恶
还有假装蒙冤的施害者
世间奉你为天使
却倒在受益者屠刀下的血泊
地狱之官很容易推脱
无法收留你这不该死却死了的魂魄

该去哪里
你这冤死的人杰
化作电磁波吧
环绕挚爱的土地时时刻刻
唤醒良知
打破沉默
把死水激活　不枉
灵魂到处流落

2016 年 5 月 9 日

# 怒　问

为什么屠刀　敢
毫不留情　砍向
医生的头胸双肩

为什么痛骂　敢
毫不畏惧　泼向
医生护士慈善的脸

为什么评判　敢
不分青红皂白　偏向
杀人者哭闹者一边

屠刀面前
煽情的哭闹面前
偏执的评判面前
谁是弱者
何处寻正义之眼

手臂被砍断
巧手无法再拿起救治的剪钳
眼睛被打坏
如何再对病情诊断自信满满

心的隔膜多可怕　谁有心
再把治病防病的知识技术真学真传
救死扶伤者在屠刀面前倒下
谁的悲哀
问天不应　问地无语
为什么　为什么
为什么会有这种苦难
莫非白衣天使职业操守　决定
你们只能打碎牙往肚里咽
莫非社会不公不满在转嫁
你们成为无处发泄者出气的首选

哪个医生不祈盼患者早日康复
哪个护士不愿看到出院者笑容灿烂
辛苦加上无法预料的身体摧残
怀揣梦想的人
情何以堪　情何以堪

站起来　勇敢地站起来吧
挽起手臂　彼此相怜
共同对行凶者说“不”
打破医闹怪圈
还以猛力回击和法律铁拳
救死扶伤者不是冤大头
要活出尊严

2015 年 7 月 18 日

# 何时想起你们

——写在6月26日医师协会医师节来临之际

谁记得还有这么个节日
谁在关注医师这个群体
多少人愿为你们献上赞诗
多少人还把你们的付出记忆
与春节端午节中秋节不同
这个节日没有全民同欢的假期
医师们就要迎来自己的节日
自己过吧　自己过吧
“医乃仁术”充实各自心灵
既已从事行医行当就不要产生悔意
既已付出就不必要求他人久长铭记

可总是有人有机会要记起你们
汶川地震后和解放军官兵几乎同时到达震中
面对人亡房毁的惨烈和频频余震
你们流下痛苦的泪水
泪水化作彻夜不眠的救治灯光
照亮伤者悲恸的内心
面对你们疲惫的眼神
难以控制的泪是最好的回报
大爱　在心底镌刻永存

可总是有人有机会要记起你们
洪水泛滥　爆炸起火　车祸无情
哪次重大天灾人祸少了你们踪影
只有在急诊科抢救室
才真正懂得什么是紧张万分
只有在急救车的疾驰呼啸中
才真正懂得时间就是生命

可总是有人有机会要记起你们
服务电话公布于世
手机号码印进宣传册明白纸
你们无法左右何时能接到急救讯息
不论半夜三更还是雪猛雨急
吃饭者毫不犹豫放下筷子
刚刚进入梦乡的失眠者猛然睁开双眼
请假回家看望父母的立即结束话题　只为
祈盼的眼睛露出笑意

走进医学院通过执业医师考试　证明
你们都是高智商的精英
超长学期严格考试考核
让你们少有闲暇陪伴好友亲朋
学习压力和付出什么方式能够算清
只有父母妻儿知道
只有同行心知肚明
患者看见的只是查房开方看似轻松
还有不可或缺的笑脸相迎
多少人触动于你们忙碌和疲乏
这岂能同农民田间劳作辛苦相比

不论是否有人想起　你们
都像时刻待命的士兵
随时应对不知何时会来的哭喊和病痛
随时应对突发的传染病疫情
抗击“非典”的大爱无疆
让世人记住你们的无畏不屈智勇

不必惦记何时有人能记起你们
那都是浮光掠影
干一行爱一行吧
心放得淡定淡定再淡定
还记得开学第一天喊出的希波克拉底誓言吗
那是你们的梦
尽力去圆这个梦吧
不要抱怨治病救人的外部环境
不要牢骚学习工作的压力沉重
不要惧怕医闹乌烟瘴气甚至刀刺脖胸

你们并不是孤单一群
无数善意者的目光蕴含理解支持赞许
尽管未来的路依然艰辛
请相信自己的选择值得奉献辛勤
自古最美的职业需要有人向未来延伸
自己的节日就要来临
放飞思绪　轻松一下腰身吧
庆贺一下自己干得不赖
安慰一番自己愧对的家人

2015 年 6 月 26 日

# 500

——贺山东省潍坊市人民医院泌尿外科主任、二区主任、主任医师、教授、硕士生导师臧运江院后服务人数超500名

这个数字太平凡
今次却别有内涵
你凭500名市民（包括患者）的自愿选择
跨入院后服务明星前五
要知道　百年老院
多少年龄不一的大夫
时刻竞争大写救死扶伤的善举

从0到500多少距离
很近也很远
很近　你的心与患者距离为零
最大幸福是看见患者康复的笑脸
很远　你的医术追求如长江之水从不止息
愿在大海的狂风巨浪中接受考验

从0到500需多少时间
很短也很长
很短　你不像有的人虚弄数字游戏
窃喜短暂虚幻的快感

很长　获得百姓广泛认可不能以天计算
你从大学毕业至今无中断从医 24 年

哪个医生不想患者恢复健康
你打磨自己的德艺越过群山叠嶂
以攀升回应百姓挑剔选择的目光
500 绝不是你的预想
是 5000 还是 50000
我在静观数字增长
时间会给出答案　证明
百姓眼光多长多强

2015 年 10 月 12 日

## 呼　吁

——写在 5 · 12 国际护士节

请不要再以轻佻语气　调侃
我们为“小护士”
一个“小”字常挂嘴边
你再伟大也令人鄙夷

请不要再给过多高帽　“白衣天使”
已压得我们喘不开气
天使该满足人的一切而不能有私利
可我们也是人啊
多少人顾及

请不要再把怨恨转嫁我们柔弱的躯体
你的拳头利器饱含仇恨化作梦魇
击碎救死扶伤的宣誓
我们忍辱负重几达极限
打骂者丧失的是不是良心良知
多少人扪心自问
离开护士可不可以

请不要再以超常支配我们的言行举止
护理是科学自有规律
护士哪有万能本事
超常规跨越式岂能适宜
南丁格尔的最动人在执着坚守
尊重　是对我们最好的慰藉和激励

乞求换来的只有哀怜　何必
人行天地间
为什么不把腰杆挺直
护士　护士们啊
凭双手换来的不仅是工资
还应有欢乐幸福相伴一辈子

2016 年 5 月 10 日

# 锦 旗

——写给抗洪救灾的卫生工作者

亲们　收下锦旗吧
虽不是一针一线绣制
却是感激之心凝成　红色
代表血脉相通相融

亲们　抚摸一下锦旗吧
感谢和担当交汇
真情有颜
彼此感受心暖

亲们　锦旗上的字
一定读几遍多读几遍
深深思索自己干了什么
值得大写称赞

亲们　别忘
与锦旗及赠送者合影
救援防控奋战
汗流浃背的曾经定格瞬间
洪水无情人有情
记住灾难土地上的汗流吧

无愧面对亲朋嘱托
救死扶伤重任在肩

请把锦旗挂得显眼
时常抬头观看沉思
紧要时刻舍我其谁
冲锋在前
用智慧和勇敢
笑迎百姓健康平安

2018 年 9 月 18 日

# 拾 自我表白

# 这片土地与我

——献给祖国

生　在这片土地
这片土地就是我生命的开始
开始的生命寄托梦想瑰丽
谁能改变这一事实　除非
地球爆裂消失

长　在这片土地
这片土地就是我生命的根基
根基深深嵌入坚硬岩石
谁能改变这一事实　除非
太阳从西方升起

活　在这片土地
这片土地就是我生命的载体
载体培育我爱恨分明
谁能改变这一事实　除非
黑洞脱离宇宙控制

走过　这片土地
这片土地就是我生命的全部记忆

记忆中的魂魄哪能散去
什么也无法改变这一事实　即使
肉体化作云烟飘逝

2014 年 9 月 30 日

# 首本诗集面世

## 1

没想到自己能出版诗集
如今　她静立案头　一尘不染
仿佛刚刚出浴的少女
幽香绵绵

抚触光滑淡雅的封面
浏览排列整齐的目录
反复翻看不知修改多少遍的诗篇
像初生婴儿捧在手里
惊喜　透彻双眼

没有体会十月怀胎一朝分娩的疼与喜
此时多年积淀化作 400 多页汇编
是不是与孕妇分娩一样
寂寞艰辛阵痛中迎来生命诞生的心欢

感情融入书页
历程张扬在诗集厚实

重读　与过往的自己对话
世上　又多了一个知己

印好的诗篇无法改版
好坏任人评判
优劣评价都标志读过
心　已释然
为他人有所奉献

## 2

书　像我的伴侣
不　比伴侣认识更早
每日与我厮守相依
伴我一路走来
饱满我生活的缝隙

没有做过当作家的梦
更不曾想出版诗集
如今　她却端坐案头
我感到自己又培育了一个孩子

惊喜　捧她在手里
反反复复抚触翻看
心中充满蜜甜的满足
书　没有白读
诗集不能带来金钱收益
却证明——
行啊　你

辛苦没有白费
时光没有虚度
即使水平不高
可那是衡量才智的一把尺子

不怕丢人现眼
分给同学朋友亲戚同事
读与不读都没有关系
评价高低也不再在意

我在盘算第二本何日面世

2015 年 2 月 1 日

## 前边有个弯儿

我告诉你
你没在意
我又跟你说
你仍不当回事
我再提醒
你目光迷离透出怨气
后来　后来
在拐弯处翻了跟头
因你开车太急

你说后悔不听我的提示
我怒火燃炽——
难道你脑子出了毛病
我多次谈起
前路上的风险
我的善意提醒不会重复第四次
这是我的原则和底线
采纳与否在你
我无愧良知

当自信飘然时　多少人
能看清平路拐弯处的落石

2015 年 8 月 22 日

## 突然爱你

读你很久
从娘最初的摇篮曲

读你很深
穿过历史的根

读你很远
横跨国的界限

读你有时流泪
触及灵魂的深邃

读你有点烦
不就是字的不断翻转

突然爱上你
四十八岁时
有人说好好好
好孬　一时难知

你这令我忧喜的怪物
为什么不远离

你笑得甜蜜：
我是诗
与我相知的不多
你是其一

2015 年 10 月 6 日

## 我的表情

——致同学马利君

表情丰富如春风拂过大地　我
与其他人并没有多少不同
最大差异在没有经过特殊训练
无法掩饰一脸真诚

千万看清
“表情”一词“表”在前固定

表面情形多少是可信的真正
又有多少真正瞒过你的眼睛

每个人　表情
都丰富如夏日天空
如山水如雪冰
自然的风景　谁能判定
表情下的丰富是否如黑洞
即使练就火眼金睛

2016 年 1 月 4 日

## 你在分享我的欢歌

——致友人

何处不见风花雪月
月亮也有阴晴圆缺
风花雪月印满故事　要不
怎有那么多人咏之不辍

莫用灰暗眼光看我
风花雪月岂能把我淹没
谁没有七情六欲
何况你我见不得恃强凌弱

难道忘记我的承诺
工作是我最大的快乐
这点跟你没有多少差别
是不是你变了
像有的人恨夕阳西斜如蜗

所写分行之字算不算诗歌
久久纷纭众说
优劣评判随风去吧
我相信真实的感觉

诚谢你提醒我时时刻刻
别忘人生主业
爱好　只是衬托
闲暇时的收获

伴灯光熬至夜深人静
用诗歌迎接第一缕晨曦
辛苦　几人懂得
你是不用怀疑的一个　但愿
我的稿子不时带给你惊喜
你不厌地分享我拟诗的欢乐

2016 年 2 月 26 日

# 我想打开一扇门

——写给同学郭秀平

感谢你告诉我
有一扇门　无锁紧闭
只对相知者开合

我猜是个神秘堡垒
内存的未知惊喜肯定很多
我想该是世外桃源
永久绽放鲜艳花朵
要不就是饱学名士汇集
搭起共鸣的乐堂一座
还是众多爱国者的凝结
激扬文字指点江山引领时代浪波
……
遐思漫天
走进去的渴望如火

用超高评价吊起我的胃口
亲爱的你呀可真够幽默
你的暗示我懂——
钥匙在自己手里　看我
能不能打开无形之锁

没有家财万贯
也不是什么高官达者
我只是螺丝钉一颗
拧在家庭单位之间的穿梭
拧在喜爱的救死扶伤职业
拧在少有远离的故土
拧在爱的纯真执着　凭什么
打开这把锁

闲暇时喜欢把心思到处涂抹
最终涂抹成分行文字散于报刊网络
不知算不算真正的诗歌
只是随兴发给同道传阅
要不　就以这作为敲门之砖
连连敲击那扇门　看能否
传来久未启动的声响
化为催我舒展眉头的音乐
允我探进脑袋　寻到
久盼的群中家的感觉

2016 年 3 月 17 日

## 享受孤独

打开床头灯时“啪”的一声
如乐音开怀

轻轻地轻轻地闭上门
琐事隔在室外
严严地严严地关窗拉上窗帘
少让夜光透进来——
营造一个小世界
静谧纯净温馨
任灯光米黄肌肤
从右上角斜照书正展开
此时　只有此时
躺在卧室床上
才感到真我存在

白天的喜怒哀乐都已远去
夜读　我像一只贪婪的鼹鼠
如在山顶沐浴三月阳光
心绪驰骋与作者直面欢聚
此刻的自由啊千金难买
我在享受孤独

灵感如流星闪过天际
莫名的心跳加速
以最快速度记在手机或纸上
一首首诗的灵魂打牢基础
瞬间的奇妙啊带来意外收获
我在享受孤独

妻子顺柔的呼吸似乐曲
沉浸另外的梦里

她说喜欢有我阅读相伴
“不要睡得太晚”却是常规叮嘱
有时絮叨得我心烦意乱
却是无可替代的幸福
我在享受孤独

2016 年 3 月 19 日

## 投　稿

——致编辑

自己的思想
打磨打磨再打磨

打磨成青春美女帅哥　活力四射
不知能否赢得你的慧眼
从海量美女帅哥中发掘
一朵奇葩点燃你疲惫的心窝

打磨成四十岁壮男或美妇
肌肉发达或丰韵十足
不知能否引你慧眼圆睁
从熙攘人流发现大美金光四溢的奇特
速射惊喜的光波

打磨成老者
不用染发剂精神矍铄
不知你阅人无数的慧眼
能否从发白如雪的人海中看出差别
激动得起身相迎
发出“相见恨晚”的含笑自责

打磨打磨再打磨
我日复一日地打磨
即使不能从工匠跨越到大师
也算收获思绪飞腾的快乐

2016 年 7 月 16 日

## 不要叫我诗人

模仿近四十年
精力才集中一处
尽可能短的短句分行
几乎每个字词　都
蕴含最美最圆满
最后如狙击手
朝向一个目标喷射火焰
击穿一层层迷雾
剩下唯一的深远
有人懂或不懂

有人甚至解释的意思相反
难道这就是诗么
只是我内心的呼唤
展示喧嚣尘世
借此结识大家之言
不惧褒贬

不要叫我诗人　我
乃行者
跋涉凡间
不想扬起细尘半点

2016 年 8 月 28 日

# 从现在起

床头摆满中外著名诗集
闲暇时以另类方式走向远方
在心仪天地纵横驰骋　安然独处
于追随的目光羡慕妒忌

执着于诗　笔耕不辍
鲜花与陷阱
笑脸与卑鄙
天文地理与生活琐事
梦想与现实
四季飞逝与远近历史

都添上自以为是的诗意
不怕随心的分行惹来耻笑
行尸走肉哪能并论相提

没有久长春暖花开
无法整日面朝大海
何处堪称超然之地
从现在起
与诗界大师以文字对话
心灵如长空蔚蓝
听飞鸟脆鸣荡涤

2017 年 5 月 27 日

## 今天，我不会流泪

——写在女儿鞠冬煦出嫁时

从你出生到学步蹒跚
从小学到离开大学校园
从远离又回到身边
我没有一次为你流泪
莫言男子有泪不轻弹　只因相信
你的智慧幸运毅力和淡然
仅有几次
你以优异赢得掌声如雷
眼角润湿于阳光灿烂

今日　你身披婚纱
手挽心上人踏上红地毯
依然没有一滴泪
滑下我庄重的脸面
何必悲伤
我付出至爱
你已长大　我
奉献了一个父亲一个男人
该有的承担
亲朋同欢时刻
有什么理由任泪迸涌
再在你无声泪溅的心上
撒盐

何必流泪
除了我这渐老的男人
又有一位挚爱男士
把你的忧喜分担
岂不值得绽放笑脸

换个角度看
我已完成担负的人类繁衍
基因将在新的血脉中流传
这岂不令人欢喜
泪流　为哪般

只是　你妈
你那心细如发的妈　忧虑不舍
盛装无法遮掩

几次抬手偷偷抹泪
何时　你劝一劝

2017 年 10 月 3 日

# 有缘相会何惧万里

——写给李海·鞠冬煦

裹挟“十万人家尽读书”的遗风
穿过诸葛亮故里的现代说词
跨越京杭大运河自古未断的商贾气息
体味着台儿庄抗战的炮火烈焰
回忆一番十三年前游览的龟山汉墓
收获着“共同富裕”打一城市名的谜底
钻进大别山区的崇山峻岭
雨滴虫鸣相伴
盘山路悠悠回旋
哪有寂寞可言
感谢　黑夜
让我少了身处悬崖峭壁的惊颤
遗憾　黑夜
令人流连忘返的山景被悄悄遮掩

地图上近在咫尺
驱车驰骋二十个小时
一路奔波为了什么
两颗心聚在一起

大别山实在性格造就实在之人
儒家文化浸润齐鲁儿女骨子
相隔千里却撞击出相知火花
有缘相会何惧万里

新的起点已经开启　生活
不仅油盐酱醋
还有远方和诗
能否合成交响乐动人心弦
能不能挺起脊梁独立撑起一片天地
全靠你们自己
你们的辛勤和智勇
一定能描绘瑰丽之梦
我的深信硬如山顶
栉风沐雨的岩石

2017 年 10 月 3 日
于安徽省霍山县太平畈

## 今夜之醉

——2018 年春节我的致谢

控制住端杯的手
没有醉
重复播放喜爱的音乐
没有醉

细读意境高远的诗歌
没有醉
今夜　我却醉了
徜徉在祝愿之海　温情
令我找不到北

每个文字都散发欢乐气息
每条短信都弹拨我的心弦
每个画面都令我心颤　每句话
都激我忆起享受的帮助和温暖
来自天南海北的祈愿
在我身边汇成海洋浪花四溅
浪花美丽酿成无形佳酿
浸润我包容天地的心房
不胜酒力的心房啊　不由自主
飘然爱心同唱共愿

莫笑我沉醉祈愿来自远方
祈愿　这生活指向
如何化作现实令人向往　岂敢
遗忘祖训虚度时光
辜负相知新春伊始
深情如海激荡

2018 年 2 月 15 日除夕夜

# 牛背鹭

其实　能翱翔蓝天
却喜欢站在宽阔牛背
观四季轮回
无忧歌欢

稳重的牛背免费的车
载你欢快游览草地群山
硕大躯体驱走阴狠窥探
安全　不必过分心悬
强壮四蹄粗重气息
惊起昆虫四散
胃　止不住丰满

不得不佩服你这智者
和谐共生的典范　只是
享受牛背觅食的轻松
能走多远　走多远

2018 年 7 月 17 日

# 我为什么写诗

读了许多文章
长短不一
各类文体
古今中外
正道野史　岁月
渐渐抹去记忆

读了好些诗
古体诗
抒情诗朦胧诗口语诗
梨花体羊羔体
前现代后现代
诺贝尔文学奖获奖大师长语短句
无名之辈真情假意　记忆
经不起岁月清洗

下围棋
累得腰酸背痛
练毛笔字
没有闭关入静的本事
旅游爬山散步做饭打牌
上网看电视赴席

只是一时兴起　时光
无聊中打发
脑子正加快石化
有时想不起数年对桌之人
叫什么名字

别告诉我
写诗多么高雅
诗人都独树一帜
我没有大名流芳的预期
也没想写诗出人头地
更不会以卖诗
换来生存的钱币

别笑话我写诗
一日一首执着数年
有时梦中嘟囔着诗句
一个目的　只为
克服提笔忘字
在亲友面前
在喧嚣繁华尘世
不致走失

2018 年 9 月 25 日

# 山泉旁的酸枣树

黄绿色小花摇头晃脑
点点细碎草木之间
虽无牡丹花开硕大奇美
却也是世上唯一的生动娇艳

果实营养丰富独有特色
虽小却通红着欢迎的笑脸
即使难以听见喝彩
也改不掉自我奉献的祖传

浑身满布尖刺
适者生存的淬炼
如果不小心刺疼你的手指
请一定警惕地睁大双眼

山高林密鸟鸣虫唱
泉水清冽潺潺
包容山的胸怀泉的清纯
岁月如梭　与山和泉相伴
生生不息的雅姿引我心欢共鸣
更有一身刺硬
疼醒多少无度乱向的伸手梦幻

2021 年 2 月 18 日

# 致谢

谨以此文致谢我的祖辈、父辈，致谢岳父龚庆玉，致谢老师，致谢多年来关心、支持我工作、生活的领导、同事、朋友，致谢鼓励我在文学道路上踯躅前行的王良瑛、董培伦、张建平、丁熙明等文学界前辈和丁一鹤、黄鑫、黄浩、王威、苏鼎、王克柏、柳笛、李成武、唐和萍、庞瑞贞等文友，致谢同学和师兄弟的竭诚帮助，致谢提出或未提出修改意见、建议的读者，谨以文字分行表达无尽的感激感谢，并愿继续无尽久长地聆听诚挚的教诲。

人　没有三头六臂
怎能真空中生活展现自我
幸有人间烟熏火燎
才有我顽强执着性格

谁教我牙牙学语
谁扶我蹒跚前挪
谁带教栽下禾苗第一棵
谁手把手教写粉笔字
谁陪伴夜校灯光到深夜
谁谆谆教诲为人处世
谁倾囊相教业务如何精湛洒脱
谁无私奉献青春岁月撑起家的半边天
谁提醒头脑务必清醒在紧要关头

谁在我低谷时伸出援手却话语不多
谁慧眼识才冲破藩篱搭建舞台
谁常敲边鼓激励逆境中奋力前行拼搏
谁言传身教帮我系统打开文学天地
谁把我的一句话一段文字反复推敲修改
谁背后默默关注我不起眼的写作
谁公正评判我付诸诗行的观点在公共场合
……
历经阳光灿烂风霜雨雪
更懂感恩必须时时刻刻

没有什么物质相赠
不会好话滔滔不绝
只有在敲击键盘回响中回顾同仁
我的心才不会于尘世喧嚣沉沦

痴迷分行写字主要为预防提笔忘字
从来没想文学路上留下什么印记
能走多远就多远吧
只要每一首算作诗歌的诗歌
都能如春雨冬雪甚至朽木枯枝
表达自己心声并给人以启迪
不留遗憾于时光飞逝

鞠习强

2021 年 2 月 25 日